GOBOOKS & SITAK GROUP©

三日月書版

三日月書版

土地神的
指導守則
雪翼
illust.
綠川明
JIGAMI SAMA
NO
SHIDOU RUURU
[2]
輕世代
FW258
三日月書版

目錄

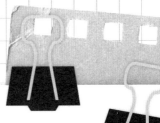

楔子 011

第一則
跟土地神扯上關係的話，
只能是業務上的交流 015

第二則
土地神通常有足夠的理由巡視人間 049

第三則
土地神跟年輕人有代溝 071

第四則
土地神可以視為一種都市傳說嗎？ 127

第五則
土地神大顯神威的時機要天時地利人和 181

番外　賭約 239

後記 249

宮奈奈
活潑強勢的女孩，
十七歲，意外成為了
土地神的代理人。
土地神的
指導守則

曜日

外貌約十五歲，性格慵散，自尊心強，常常和奈奈鬥嘴。
雖然是活了數百年的土地神，但和外表一樣像個小孩子。

土地神的指導守則

楔子

這個世界不只有神，更有著鬼怪的存在。

像是一體的兩面，既有光，當然也有影子。

影子伴隨著光，但它帶來的只有災厄。

然而，人的內心有著光照不到的角落，那個角落越是潮濕陰暗，就越能吸引那些東西靠近，進而讓人心成為滋養它們的糧食。

白伶時常在放學後獨自一人前往位在四樓的廁所。她總是一個人，除了異性外，沒人想親近她，而她也不需要朋友。

多年來，她都是這樣走過來的。

柔弱的外表讓白伶很受男生歡迎，每每感受到其他女生投射過來的視線，其中夾雜著嫉妒、欣羨與不甘，就讓她得意到不行。

驕傲就像是她的保護色，她再也不是從前那個白伶，唯有在這方面，她不可能會輸給任何人。

不過，最近有件事讓她焦慮不已——安鳳夜學長似乎真的對她沒什麼意思。

這不可能！白伶強烈地拒絕接受這項事實。

她並不是真的愛上學長了，只是從小到大習慣被異性簇擁的她，第一次碰到對她不動心的男性，不服輸的心態作祟，讓她對這件事越來越在意。

煩惱之餘，一到放學時刻，她幾乎都會往這裡跑，一來圖個清靜；二來這裡位處偏僻角落，平時沒什麼人使用，正合她意！

白伶看著鏡中倒映的容貌，鏡中的自己也好奇地回望。

白皙剔透的肌膚、纖長的睫毛，還有始終上揚的嘴角，看著鏡中的自己，白伶卻沒什麼真實感。

就是感覺少了點什麼。

然而具體是哪裡有問題，她也說不上來。

「魔鏡啊魔鏡啊，如果能得到學長的心，要我做什麼都可以。」白伶喃喃自語著，不期望會得到半點回應。

但是有人回應了她的所求。

「妳真的願意拿出一切代價來交換嗎？」鏡中的人影說。

白伶瞪大眼睛，不敢置信地看著眼前發生的情景。

「妳在害怕嗎？怕什麼呢，我就是妳啊！」鏡子繼續用她的聲音跟自己對話。

白伶確實有些害怕，但她不容許自己就此退縮，鼓起勇氣回道：「妳說誰在害怕！妳不就只是我自己的幻想嗎，有什麼好怕的！」

彷彿這樣想，怪誕的情況就合理了許多。

「呵。」鏡中的她輕笑，朱唇輕勾，「如果我說，我能助妳一臂之力，讓妳和學長在一起呢？」

「真、真的嗎？不是開玩笑的？」白伶完全不敢置信。

「當然可以！」鏡中人影自信地說著，「不過，想要達成願望，做為交換條件，妳也必須聽聽我心中所求。」

「好、好！不管是什麼我都聽妳的！」根本沒考慮過代價是什麼，白伶不想白白失去這個大好機會。

見她答應得如此爽快，鏡中的白伶咧開嘴角。

那張一模一樣的臉背後，隱藏的是數也數不盡的惡意。

第一則

跟土地神扯上關係的話，只能是業務上的交流

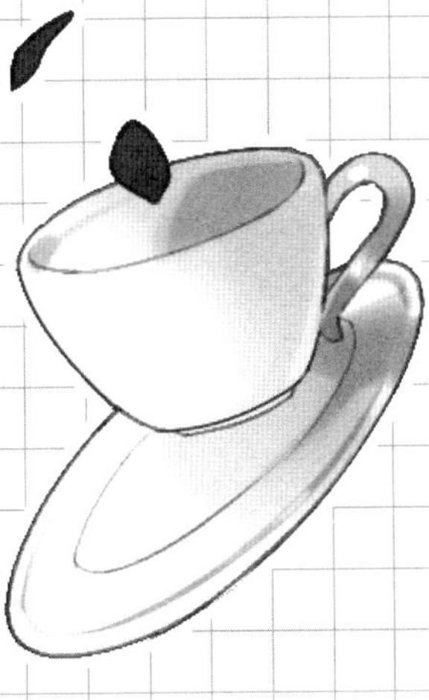

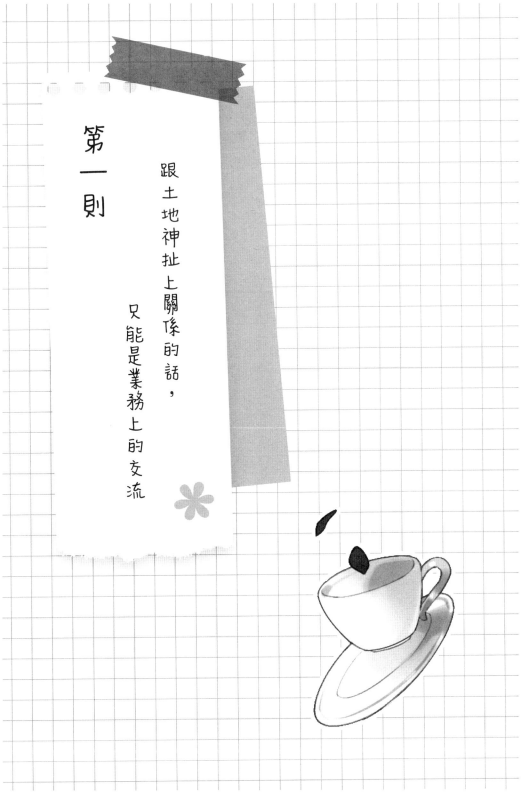

在那場噩夢結束過後，令人振奮的消息隨之傳來。

起初，宮奈奈還以為自己聽錯了，但在捏了好幾把自己軟嫩的雙頰後，才確信自己並非在作夢。

四區土地神共同會議，不知何故，臨時取消了。

這一定是神明的旨意，人家不是常說有拜有保佑嗎！而且說到神，她可是天天在拜呢！

等等，如今她也算是半個神仙，雖然是暫代職位，但總不能叫她拜自己吧！何況她才不想拜像曜日這種懶散的神明，要拜，她會選言夜！

曜日恢復神力已有一段時間，相貌也從一開始見到的十幾歲毛頭小鬼的樣子，轉變成如今十八、九歲的面貌，改變之大，令奈奈還是有些不習慣。

如果說長相跟恢復神力有極大的關聯，那麼曜日恢復到全盛時期，不就會是一個老頭子了？不過言夜看起來也不過二十多歲，曜日應該不會太老吧。

每當看著現在的曜日，她總會陷入一種心跳加速的焦慮感。

難不成，她喜歡上對方了？

這更不可能！

撇除對方不是人這點，宮奈奈才不會承認自己挑男人的眼光那麼差。

她的心目中，就只有一個學長，誰都無法取代！

然而，即使神力恢復了一些，曜日還是一樣懶散，對他而言，神力根本就只是讓他更方便混水摸魚的道具吧！

共同會議臨時取消了沒錯，但奈奈絲毫沒忘記自己的職務，還有她與曜日之間的約定。

現在每到週末，她就會準時到土地廟報到，將裡裡外外打掃一遍，清理得一塵不染。

多虧了奈奈的努力不懈，這間位處偏僻的小廟偶有附近的居民前來上香，空蕩蕩的油錢箱終於勉強多了幾枚銅板。

可惜，目前的狀況離香火鼎盛差了好大一截；也離她代理神明的任期終止有著遙遠的距離。

你想，地理位置本就不利，土地神又是個不可靠的傢伙，要想香火鼎盛，那還得要多長一段時間才行啊！

宮奈奈如此自問著，掃地的力道不自覺加重，簡直把怒氣都出在打掃上了，頃刻間，塵埃漫天飛舞。

「奈奈，妳怎麼了？每個月的那個來嗎？」

曜日飄浮在半空中，堅決秉持懶人原則，能浮著就絕不走路！

「來你個頭！」奈奈看向在半空中舒服側躺的曜日，「你一定要這樣嗎？你不知道雙腿是拿來走路的？」她看了只覺得刺眼。

「走路是凡人做的事。」曜日也有話要說。「既然我有神力，不用白不用啊，不是嗎？」

這簡直是謬論！奈奈氣急攻心。

「主人，你們說的『那個來』是什麼意思？」沒想到，黑狐也跑來加入談話。

「那個就是那個啊。」曜日刻意捉弄黑狐，不把話說清楚。

「反正就是女生才會有的東西啦！」奈奈不知道該怎麼解釋才好。

都怪曜日啦，為什麼話題會岔到這邊來？

「所以，妳真的是那個來囉？」曜日挑眉看向奈奈。難怪脾氣不好，原本脾氣就不怎麼好，現在更是雪上加霜。

「閉嘴！」

一根掃把飛過去，曜日輕鬆側身閃過。

白狐從廟裡緩步走出，手中還拿了本厚重的書籍，方才他們的爭論，他一字不漏地全聽見了，而且覺得不能保持沉默。

白狐持有的書本書名是：《凡人世界，你不可不知道的大百科全書》。

奈奈傻眼地看著那本書，快來人告訴她啊！怎麼會有那種東西！而且書封還標著「天庭出版」是怎麼回事？

「所謂的『那個』，就是女人每個月會來的大姨媽唷！」白狐翻找著百科全書，還真被他找到了相關的解釋。

「大姨媽？」黑狐瞪大雙眼，困惑道，「大姨媽是何許人也，為什麼一個月來一次？男人為什麼沒有大姨媽？」

「這種問題不要問我。」

接收到黑狐求知若渴的眼神，曜日默默把頭撇開。

「基本上，大姨媽指的是——」

「停！」

奈奈的一聲大喝截斷了白狐剩餘的話語。

「奈奈大人？」白狐和黑狐一齊看向奈奈；前者一副以為自己做錯事的委屈表情，後者則是一臉不明所以。

「我們一定要現在討論這個話題嗎？」

「可是黑狐想知道嘛！」黑狐異常地堅持。

「難道晚上就可以討論了嗎？」白狐眼睛一亮，他一直對凡人的世界有著諸多好奇。

「這種東西，你們不知道也無所謂啦！」奈奈無力地表示。

只有某人唯恐天下不亂。

「不要吵你們奈奈大人了，要知道，那個來的女人很可怕的！」

曜日以挖苦的語氣叮嚀著兩個小蘿蔔頭。

奈奈充耳不聞，把扔在地上的掃帚放回原處。今日的工作差不多都處理完畢了，該是時候踏上返家的歸途。

不像曜日這個閒人，她每天都有一大堆學業、人際關係以及感情事這些惱人問題要處理。更何況，她可是正值青春年華的高中女生，沒道理將大好時光都浪費在這間沒什麼人來的小廟！

「明天有考試，我要回去了。」想到永遠應付不完的小考，奈奈就覺得頭痛。

「再見，不送！」曜日也不打算挽留，目送她離開。

奈奈走到一半，腦中忽然靈光乍現，忍不住回過頭問：「曜日，你說你恢復了一些神力，到底是恢復了多少？」

「我可以移動任何物品，也能憑空變出東西。妳問這個幹嘛？」曜日不疑有他地回答。

在曜日尚未反應過來之前，就聽奈奈輕輕吐出一句：「給我下來！」隨即曜日的視線猛然映入蔚藍的天空，就像是有人硬將他的頭轉向，然後身體跟著一百八十度大轉彎，重重地摔下地面。

所有的事情，都發生在電光石火之間。

「果然沒錯。」奈奈得意地看著曜日，絲毫不打算伸手拉他一把。

「什麼果然？」曜日躺在地上，直到現在還搞不清楚究竟怎麼了。

「你難道忘了我是你的代理人嗎？」這次輪到奈奈「好心」地提醒，「既然你的神力恢復了，我當然也能使用囉！」

對吼！他怎麼偏偏就挑在這時忘記了呢！

「呃，我說奈奈，有話好說啊，動粗不是淑女的行為唷！」

奈奈舉起一隻手，朝曜日勾了勾手指。

「怎麼了……」

曜日話都還來不及說完，身子忽然一頓，整個人飄了起來。

「下來！」

隨著奈奈手指由上劃下的動作，曜日也從半空重重地摔落地面。

「噗哇！」這次曜日臉部受到重擊，連話都說不出來了。

「再一次！下來！」

「啊嗚！」換成是屁股著地，那股痛楚依然未減半分。

「還沒結束呢！」

「拜託，別打我的臉！」曜日知道自己逃不過這一劫了，趕忙捂起臉，「我是靠臉吃飯的啊！」

「放心，反正你不去天庭開會，共同會議也常缺席，這裡也只有我們能看得到你，臉腫一點根本無傷大雅！」

宮奈奈壞心地笑著。正如曜日所說，神力好用得不得了，此時不用更待何時！

而白狐在這瞬間，切切實實地看見了比夜叉更為恐怖的生物，其名為：女人。

「女人心果然海底針啊。」見奈奈跟曜日玩得「不亦樂乎」，白狐不敢插手，深怕下一個被玩弄的對象就是自己。

「什麼海底針？」心思純淨的黑狐當然不懂這些，不過另外有一件事情，他比任何人都清楚，「白狐，上次有個信眾送來的海底雞罐頭，真的超好吃的！」

說著說著，口水竟不受控制地大量分泌出來。

「黑狐，你真是個貪吃鬼。」白狐看了看神壇，桌上放的供品幾乎全進了黑狐肚子裡，還被當地的居民視為是神蹟顯現。

白狐沒瞧見什麼神蹟，但貪吃的小狐狸倒是有一隻。

「嘿嘿，誰叫那個海底雞罐頭真的很好吃嘛！」黑狐拍拍圓滾滾的小肚子。

白狐最後再看了一眼奈奈如何凌虐曜日後，轉身對黑狐說：「走吧，去看看還有沒有什麼雞的罐頭。」

「是海底雞啦！」黑狐難得有糾正白狐的機會，立刻大聲說道。

「凡人還真是了不起，竟然能在海底養雞！」

「對呀對呀！」

兩狐手牽著手，相親相愛地走進廟裡。

奈奈發動神紋捉弄曜日數十次之後，才赫然想起明天的小考都還沒準備，現在根本不是做這種事情的時候！

於是，奈奈果斷扔下躺在地上哀號的曜日，在天色還未被深沉無盡的黑夜取代前，一路趕回家，正好趕上吃晚飯的時間。

被遺留下來的曜日，摸摸頭，自認倒楣地坐起身，然後長嘆口氣。

「奈奈大人的心情看起來不錯呢，是因為共同會議取消了嗎？」白狐非但沒同情曜日，反而若有所思地冒出一句。

「誰知道。」曜日的心思根本就不在那裡。

「如果她知道是曜日大人放話不去參加會議，才導致主辦的南區土地神取消的話……」

「這種小事用不著告訴她吧。我看那丫頭一副壓力很大的樣子，順手幫幫她也無妨。」曜日嘴硬不肯承認他是為了奈奈才這麼做的。把所有麻煩都攬到自己身上，是他一貫的做法。

兩狐就是因為明瞭曜日的個性，才默默待在他身旁，陪伴他無數個光陰。

「這就是曜日大人的體貼吧。」白狐輕輕說了一句。

「哼。」而這是曜日的回答。

翌日。

宮奈奈加入上學的人群中，這個時段還早，大家不趕著到學校，人群三五結隊，彼此嘻笑打鬧。

男學生聊著運動賽事或電動遊戲，女學生聊的更是五花八門，從校園八卦聊到偶像明星。

而最熱門的話題，則是最近出現了一個黑衣黑褲的變態，時常在學校附近搭訕女孩子，偏偏警察趕到時早已不見人影，至今仍沒逮到他。

若是以往，宮奈奈可能會偷聽她們的談話，也多虧如此，奈奈每次到學校總有不同的話題能和樂樂分享。

但今日不同，不論其他人的談話聲如何引誘她去偷聽，奈奈都沒有因此停步的打算，她必須趕在第一節課鈴聲響起之前，再溫習一遍今早小考的範圍！

可能是過於匆忙，奈奈沒注意到路上的障礙物，腳步一滑，重心不穩地往前撲倒。

雖然很希望當她狼狽爬起時，能有人貼心地遞上一塊手帕，讓她拭去膝蓋上的血痕，但事實證明，小說裡的情節還是看看就好。

奈奈拍掉手上的沙礫，正準備爬起時，背後忽然響起一道聲音。

「草莓？」

草莓?大馬路上怎麼可能有人種草莓?

奈奈起初只是有點疑惑，過了一會兒才想到了什麼。今早起床更衣時，她似乎有看到草莓形象的物品存在，而且還穿在身上……

等等，那不恰巧就是她身上的內褲嗎!

這時才領悟已經來不及了，從腰部以下的清涼感判斷，她的裙下風光肯定一覽無遺了。

宮奈奈立即壓住裙子，大喊一聲：「變態！」

她趕緊起身與對方拉開距離，順便轉頭查看有誰能來幫忙。

結果周圍一個人都沒有，其他學生早就進了學校。

宮奈奈告訴自己千萬要冷靜，雖然她對付變態的經驗等於零，但如果先自亂陣腳，只會讓對方有機可乘。

再者，她可是代理神明耶！神紋對曜日奏效，那也應該可以如法炮製用在凡人身上才對，不管是變態還色狼，絕對會讓他們好看！

有了這層保障，奈奈就像吃了顆定心丸。

「妳的『變態』，不會是在說我吧？」

變態轉頭看了看其他地方，確認周圍都沒人，這才醒悟對方是在跟自己說話。

「不是你會是誰？難道這裡還有別人嗎！」奈奈將書包當作盾牌舉在胸前，同時四下打量逃脫的路徑。

「妳從哪裡看出我是變態的啊？」變態啼笑皆非地問。

「你、你偷看我內褲！而且哪有人穿著一身黑還戴帽子遮遮掩掩的，看起來就很可疑！」奈奈與變態保持著一段安全距離，敵不動奈奈就不動，相信對方也不敢隨意造次。

「我不知道現在還有規定不能穿黑衣黑褲戴帽子。」變態說著，順手將兜帽往後一拉，露出一張稜角分明的好看臉龐，其中黑曜石般的深沉瞳眸，產生一種會勾人心魄的錯覺。

這下換奈奈呆住了，忘了要防備，下意識道：「沒想到還是個好看的變態。」

變態聽見了奈奈的喃喃自語，顯得相當得意。

「好看就不必了，妳只要知道我是變態就好。」

奈奈瞬間回神，思考了一會兒，有點不確定地出聲糾正對方的語誤。

「你要說的應該是『變態就不必了，妳只要知道我很好看就好』吧？」

「咦，我剛剛不是那樣說的嗎？」被才見過一次面的小女生糾正，變態難為情地漲紅了臉。

看來此人的智商不太高啊。

奈奈看向變態的眼神多了一分憐憫、多了一分同情。

變態無法得知奈奈心裡在想什麼，但看表情大約也能猜出一二。

「妳還是認為我是變態嗎？」他無奈地嘆了口氣，「草莓那件事情真的純屬意外！」

「所以說，你果然看了是嗎！」奈奈揚高聲調，殺氣一下子陡升了許多。

「看得非常清楚。」變態大方坦承，「沒想到這麼大的人了，還穿那種可愛圖案的內褲，著實讓我大開眼界了呢！」說到最後還訕笑了幾聲。

……士可殺不可辱！

「喔，對了！」變態兩掌互擊，「我還沒自我介紹，我是玄音，雖然目前只是地下搖滾樂團的小小吉他手，但立志要走上偉大的樂手之路！」

提到最喜歡的搖滾樂，玄音也不管對方有沒有意願聽，一個勁地拚命講，等他想起還沒詢問對方的名字十分失禮時，已經是十分鐘後的事情了。

「啊，我好像還沒問妳的名字？總不能叫妳草莓小姐吧，哈哈。」

宮奈奈的臉色不意外地沉了下去，臉上籠罩了一層陰霾。

「不管你將來要走什麼路，都不關我的事，我只知道一件事情。」奈奈刻意放緩語調，字字分明。

「嗯？」玄音不知道發生了什麼，只知道對方突然變得好可怕。

「現在——」宮奈奈猛然抬首，發音清晰地說，「我要送你上黃泉路！」

奈奈不由分說地掄起拳頭，給予玄音致命的痛擊。

「噗哇！」

玄音猝不及防地受到重擊，痛苦地抱著肚子向後倒去。

總算是解了心頭之恨，奈奈滿意地呼出一口氣，踩著輕鬆的步伐走進學校。

痛得齜牙咧嘴的玄音看著奈奈離去的背影，想起自己還沒問到她的名字，更鬱悶的是，自己本來只是打算問路，怎麼會演變成這種局面？

「現在的人是不是不喜歡陌生人向他們問路啊……」

噠噠的腳步聲漸行漸遠，玄音忍痛爬起，向前行了一段路後，終於追上了奈奈的腳步。

但奈奈已經進入校園，而學校不容許外人隨意進出，還有個叫警衛的麻煩人物存在。

雖然被擋在門外，玄音卻不以為意，看著奈奈進去的建築物，一抹笑意爬上了他的嘴角。

果然是皇天不負苦心人，竟讓他誤打誤撞地找到了這裡。

看著建築物上空逐漸聚起的一團黑氣，玄音知道他找對了地方。

現在的問題是，要如何才能混進這所學校呢？更何況，他還曾承諾過某人不得踏進這裡半步……

終於熬到小考結束，奈奈趁午休時刻閉目養神，下午還有累人的體育課在等著她呢。

但樂樂不肯輕易放過她，她搖了搖奈奈的手臂，將奈奈剛做的美夢擊碎。

夢裡的帥哥支離破碎，除了美男，奈奈也眼巴巴地望著一大堆甜甜圈離她遠去，直到消失。

宮奈奈的睡意一下子盡失，醒了。

無奈的目光迎上柳顏樂燦爛的笑顏。

「幹嘛？」不能怪奈奈的口氣不好，她從昨晚就一直通宵苦讀，逼近凌晨才上床就寢。

除了學業，土地廟的瑣事也很累人。

不管是什麼芝麻綠豆的小事，都需要土地神親力親為處理，完全不能假他人之手，而且還沒有加班費！

論神格，土地神是位階最低的基層員工，天生勞碌命，每天要處理的大小事一堆，看似不重要，卻不得不處理。

奈奈臉皮薄，不好意思把雜事推給白狐和黑狐，何況這是她和曜日的約定，要信守承諾才行。

樂樂的命是曜日救回來的，這份恩情，她絕不會忘記！

不過，曜日肯負半點責任的話，她就不會這麼累了……

沒錯！說到底，還不是曜日那個笨蛋的錯！

「奈奈？」看著好友突然陷入憤怒的情緒中，樂樂以為奈奈還沒有自睡夢中清醒過來，又搖了搖她的手。

「啊，什麼？樂樂妳找我？」奈奈趕緊將曜日和土地廟拋到腦後。

「下午是體育課喔。」樂樂意有所指地瞥了樓下的操場一眼。

「對啊，怎麼了？」宮奈奈不明所以。

「每到這個時刻，妳不是都很興奮嗎？」樂樂疑惑地看向奈奈。

宮奈奈眨眨長長的睫毛，赫然想起下午第一節的體育課，除了他們班之外，還有四、五個班級同時在操場上活動。

而其中一班正是安鳳夜學長的班級！

「天啊，我怎麼忘記了呢！」一定是平常要操煩的事情太多了的緣故！

「其他人老早就去換上體育服了，我們也快點去吧！」

見奈奈恢復成平時的樣貌，樂樂才放心地吁了一口氣。

午休結束的鐘聲早已響起，教室空蕩蕩的，就連向來討厭體育課的白伶也不在座位上了。

到更衣室換好衣服後，奈奈與樂樂肩並著肩走向操場。

就在她們混進集合隊伍中的前一秒，上課的鐘聲恰好響起，體育老師伴隨著鐘聲前來，帶領大家做熱身操。

待熱身完畢，大家領完球拍和羽毛球，就跟事先找好的伙伴，兩兩成對地分散在操場各個角落。

體育課一向很自由，只要不要任意脫離操場的活動範圍，體育老師不會過度約束他們。

不過認真打羽毛球的同學只占少數，不管男女，大多數學生都轉頭看向操場邊緣的籃球場，心情隨著球場上激烈的賽事而起伏。

奈奈的注意力也被吸引了過去，應該說，大部分的女生都是如此。

而眾人的目光，都緊緊跟隨著一位美少年。

當男生又投進一記三分球時，女生們會發出歡聲雷動的歡呼，男生則會升起一股既欣羨又嫉妒的微妙情緒。

那個集全場焦點於一身的少年，正是安鳳夜學長。

奈奈遠遠地看著對方完美的側臉，閃耀著光澤的黑髮隨著跑步擺動，結實的二頭肌因激烈運動而覆蓋一層薄薄的汗水，讓學長更增添了股男人味，與平時的書卷氣息大相逕庭。

不管是哪一面的學長，奈奈都很喜歡。

「哇，學長真的很帥氣呢，對吧？」就連柳顏樂也發出讚嘆，然後尋求好友的認同。

樂樂是明知故問，宮奈奈隨即羞紅了臉，但還是點點頭，「是啊，但樂樂妳不是對學長沒興趣嗎？」

難道是——

「妳放心啦！」知道奈奈在想些什麼，樂樂笑出聲來，立即安慰朋友，「我之前就說過了，學長不是我的菜，更何況我怎麼可能會跟好友喜歡上同一個男生呢，對吧！」

「真的？」奈奈還是有點懷疑。

「真的啦！」樂樂再三保證。

「那，不然妳喜歡什麼樣的男生？」奈奈不死心地追問。

無庸置疑，樂樂十分受歡迎，不管男女都很喜歡她，甚至會有別校的男生跑來獻殷勤，但她始終沒有表態。

因為被打槍的男生實在太多了，有一陣子，學校還莫名傳起樂樂其實喜歡女生的流言。

奈奈不知道樂樂究竟怎麼想，但即使她真的喜歡女生，奈奈也一定會百分百支持。只不過，她也從來沒見過樂樂對哪個女生示好。

「喜歡的男生啊……」柳顏樂輕聲開口，目光望向遠方，「我也不知道自己喜歡什麼樣的男生，只知道像安學長那樣完美的人，不會是我喜歡的類型。」

「什麼嘛，這樣有說跟沒說還不是一樣。」什麼八卦都沒聽到，奈奈大失所望。

「與其說我，還不如注意一下白伶。」樂樂輕輕點了點奈奈的肩膀，要她多注意籃球場邊的動靜，「天曉得她又會耍什麼花招。」

籃球場的邊緣，只見白伶賣力地為學長加油，白皙的雙頰微微泛紅，讓她更加嬌媚動人。

「走吧，別讓那女人捷足先登，我們也到籃球場邊替學長加油打氣！」

樂樂牽起奈奈的手，半強迫地拉著她擠進為學長加油的人群中。

三對三鬥牛賽，先拿到六分的隊伍獲勝，目前比數為四比三，比賽時間只剩兩分鐘。兩支隊伍都想盡快結束比賽，球員們無一不是拚盡全力，只為了抓住勝利女神的裙襬。

而比起熱烈進行中的賽事，球場邊的狀況也不遑多讓。女生們應援得一個比一個賣力，似乎只要喊得夠大聲，就能得到安鳳夜學長的注意。哪怕只是學長的一個微笑、一次視線交會，都能讓她們激動不已。

奈奈見狀搖了搖頭，慶幸自己沒有這麼花痴，不然，不用等樂樂嫌棄她，她自己就會先噁心死了。

場邊的加油聲震耳欲聾，奈奈從來不知道女生聚集起來音量可以大成這樣，見樂樂也一副受不了的表情，便決定兩人一起離開。

她跟著樂樂的腳步從人群中退出，但還走不到幾步，一個推擠，反而被擠到觀賽人潮的最前排。

學長那隊只奪得三分，暫時落後，學長想盡辦法得分，但場邊高分貝的加油聲讓他無法好好專注在比賽上。

對方也被加油聲搞得心浮氣躁，一個閃神，球就落到了安鳳夜學長手裡。

趁著無人防守，安鳳夜原地起跳射籃。

對方反應也不慢，手臂一伸，直接送出一個大火鍋。球被拍飛出去，直直飛向了圍觀人潮！

奈奈傻乎乎地看著球朝自己飛來，當下根本來不及反應。

但古怪的事情發生了，球在砸到奈奈的前一刻忽然停了下來，並轉了個彎，朝另一個方向飛去。

「球轉彎了？」奈奈不解地盯著手上的神紋，明明就沒有發動的跡象，為什麼會……

而且從其他人的樣子來看，似乎只有她一個人察覺到這件事。

沒多久，人群的某處傳來一聲慘叫。

「好痛！」

安鳳夜急忙上前查看，畢竟球是他丟的，不管怎麼說都有責任。

奈奈在人群裡擠來擠去，好不容易從隙縫中看到了情況，只是沒想到，被球砸中的女孩居然就是白伶！

學長以所有女生都羨慕不已的公主抱之姿將白伶抱了起來，送往醫護室。

比賽被迫中斷，激昂的氣氛也因為這突如其來的插曲而冷卻了，大家三三兩兩地離開，繼續自己原本的活動。

「奈奈，妳怎麼了？」樂樂揚手在好友眼前揮了揮。

「沒、沒什麼啦。」奈奈慢吞吞地回應，心思還停留在方才那個會轉彎的球上。

巧合嗎？可是為什麼偏偏是白伶？

上次也是，撿到書或許可以稱作巧合，但這次再說是巧合，也未免太牽強了！

直覺地，奈奈認為不是巧合，而且在球停住的那瞬間，她明顯感覺到一股非同尋常的氣。

「沒比賽可看，我們來打羽毛球吧！」樂樂提議。

體育課還沒有結束，兩人有一搭沒一搭地打起羽毛球，奈奈一直在想剛剛的奇怪情況，常常接不到球，次數多了，樂樂終於忍不住開口。

「奈奈，妳為什麼老是心不在焉？怎麼了嗎？」

「抱歉，我在想事情。」奈奈只能乾笑以對。

為了避免樂樂察覺到不對勁，她強打起精神，認真地對打了幾回合。

正當她們打得越來越順手之際，一股奇怪的風猛然捲來，羽毛球被強風吹到了圍牆邊。

奈奈小跑過去，才彎下身撿起球，視線就恰巧與某人好奇的目光在空中交會。

「欸？」她驚呼一聲。

看著那身黑衣黑褲，早晨的情景再次在腦中上演，奈奈立即跳開了幾步，指著對方的鼻子大喊：「變態！」

「妳、妳說誰是變態啊！」玄音差點從圍牆上跌落，悲哀地心想，自己很可能一輩子都擺脫不了這個稱呼了！

「不是你還有誰？說！你想潛入學校做什麼！」

難道是──

「我是要潛入學校沒錯，但事情不是妳想的那樣好嗎！」

玄音還沒解釋完，就被奈奈粗魯地打斷。

「想要偷拍女生的裙底風光是嗎！」

他的臉上降下三條黑線。「我對小姑娘的裙下沒興趣。」

「是這樣嗎？」宮奈奈瞇起雙眼，「搞不好你就是喜歡小女孩的大變態。」

「拜託，要挑我也會挑性感豐滿的大姐，才不會選妳們這些乳臭未乾的小丫頭！」玄音不服氣地回嘴。

「……你果然就是個變態。」沒什麼好辯駁的！

玄音不理會奈奈，一腳跨坐在圍牆上，逕自說道：「我叫玄音，雖然目前是業餘樂手，但可以感覺到某些東西，我可以很肯定地跟妳說，這所學校有髒東西在。」

「是有一個髒東西，而且就在圍牆上。」奈奈眼睛眨也不眨地盯著玄音。

「髒……欸！我不是在說自己啦！」理解到對方就是在說自己，玄音差點從圍牆上滾落，幸好及時穩住，才沒釀成悲劇。

「你一直說自己是搖滾樂手，但比起樂手和變態，看起來更像是——」

奈奈雙手環抱胸前，赤裸毫不掩飾的目光不斷上下打量玄音。

「更像是什麼？」玄音好奇問道。

偏頭思考了一會兒，奈奈終於給出了答案。

「就像是……搞笑藝人！」

「搞笑藝人？從來都沒有人這樣說過我，感覺還……」滿新鮮的！

玄音不是很了解搞笑藝人是做什麼的，但他知道什麼是藝人。只有才華洋溢的人才能被稱為藝人不是嗎？換個角度想，對方不就是在稱讚他嗎！

思及此，玄音頓時笑得心花朵朵開。

玄音突如其來的笑容讓奈奈看得一頭霧水，被說是搞笑藝人還這麼開心？這傢伙的腦袋肯定有問題！

「欸，我都說了我的名字，還說了兩次，總該換妳自我介紹了吧。」玄音沒只顧著傻笑，還記得這件事。

「宮、宮奈奈。」她不確定該不該向變態說出自己的名字，但她還是說了。

「總之，奈奈。」玄音收起玩笑的態度，煞有其事地說：「這間學校的確有不好的東西，妳最近有沒有遇到古怪的事情？」

「你是說除了遇到變態之外的事情嗎？」

「就說我不是了！」

「我沒說是你，不過某人要對號入座我也管不著。」奈奈反將一軍。

玄音啞口無語。

奈奈知道玄音說的沒錯，學校裡的確有不好的東西，而且就在剛才，在她眼前真實上演。

「如何，想到什麼了嗎？」見她突然不語，玄音著急地催促。

然而，奈奈只是淡淡地說了句，「不，沒什麼。」

她還不打算相信此人。

就在此時，樂樂呼喚的聲音清晰地傳進兩人耳裡。

奈奈瞥了一眼樂樂的方向，說：「我得走了！」連道別都沒有，就拿著羽毛球回到好友身邊。

回到樂樂身旁沒多久，下課鐘就響了，大家把手上的用具收一收，偕伴走回教室。

「奈奈，剛剛跟妳講話的人是誰啊？」樂樂好奇地瞅著玄音所在的方向，後者仍坐在圍牆上，還往她們這邊看過來。

「不，千萬不要跟他對視！」奈奈以身體擋住樂樂的視線，「小心被傳染！」要是感染到笨蛋病毒就不好了！

「可是，妳看他正在朝我們揮手呢！」

順著望去，玄音幾乎是一注意到她們的視線，就更加起勁地揮舞手臂。

奈奈忍住扶額的衝動，「不，我不認識他！」說完，拉著樂樂快步離開現場。

「可是，我看你們聊得很熱絡的樣子，真的不認識嗎？」

「他充其量就只是個變態！」奈奈頭也不回地說道。

「咦？變態？」樂樂又朝玄音的方向看了幾眼。

仔細看，還挺帥的呢，不太像是奈奈口中的變態啊。

只是，萬一對方真的是變態，是不是應該通報警衛處理比較好啊？樂樂忍不住心想。

結果那天到了快放學的時間，才見白伶的額頭上包著紗布姍姍來遲。

對於那場意外，白伶絕口不提，奈奈發現她的目光閃爍，像是隱藏著心事。

不知道白伶在搞什麼花招，奈奈決定，這幾天要好好注意她的動態！

「事情就是這個樣子！」

一放學，奈奈立即衝到土地廟，也不管曜日是否有聽的意願，劈里啪啦說了好長一串關於今日學校發生的古怪事情。

曜日正在和白狐下圍棋，被她這麼打斷，臉上的表情很無奈。

「嗯，是嗎。」曜日隨口敷衍一句，他們的對弈還沒有結束。

「什麼『是嗎』，你到底有沒有認真聽我說話！」奈奈被這種滿不在乎的態度惹毛了。

「有是有，不過我什麼都沒感覺到啊。」曜日支著頭，思考下一步棋該如何走，「會不會只是妳多心了？」

棋盤上，目前黑子暫居劣勢，白子擴充得很快，黑子有一半都被堵得死死的，能走的活路剩沒幾條。

曜日執的就是黑子。

趁著還沒輪到白子進攻的空檔，白狐抬起頭，也說：「會不會是奈奈大人搞錯了呢？」

「搞錯了?怎麼可能!我親眼看到了!」

籃球在砸中她的前一秒轉彎了，這件事千真萬確，絕不可能造假。

白伶被砸中絕非偶然。

「凡人總是過於依賴自己所見，有時反而因此忽略了其他事物。」曜日終於想好下一步該怎麼走，雖然局勢已經很難挽回，「眼見不一定為憑，妳可能只是過於疲勞，看錯了。」

「曜日，你是什麼意思?你不相信我?」奈奈的語氣彷彿受到了什麼委屈。

「那我問妳，當時還有其他人看到球轉彎了嗎?」曜日問。

「沒有，只有我……」奈奈不禁有些動搖，曜日和白狐都說沒感覺到異狀，難道真的是自己搞錯了?

她沮喪地趴在石桌上，連連嘆了好幾口氣。

另一方面，曜日和白狐的對弈仍然在進行，屬於曜日的一方，也就是黑子，正節節敗退。

曜日頭大地看著這盤明顯勝負已定的棋局，悻悻然說:「不玩了啦!」

彈指聲響起，棋子連同整副棋局瞬間消失無蹤。

曜日的神力用得越來越得心應手了，接下來只要再替幾個信眾達成心中所願，相信讓小廟恢復到往日的香火鼎盛，也是指日可待的事。

「那不如玩五子棋？象棋我也可以唷！」白狐提議改玩其他遊戲。雖然都要動腦，但相對圍棋而言簡單許多。

「什麼棋我都不想下啦！和白狐下棋一點都不好玩！」想到自己連輸了好幾回，曜日的心情更是糟糕到不行。

「勝敗乃兵家常事。」白狐像個小大人似地訓誡他的頂頭上司。

「哼！還是黑狐好，和黑狐玩我從來都沒有輸過！」曜日賭氣道，「黑狐，過來！」

曜日一聲令下，黑狐在石桌旁現身，無辜的大眼睛眨呀眨，眼神充滿困惑。

「大人，請問何事？」黑狐躬身行禮。

「我們來下棋吧！黑狐要下哪一種，我都可以奉陪！」曜日興致勃勃地說完，才一眨眼工夫，棋子連同器具重新落在桌面上。

「可是黑狐不會下棋啊。」黑狐一臉為難。他的頭腦向來沒有白狐那麼好，這種需要長時間思考的遊戲，他不會。

吃他還比較在行！

「沒關係，可以慢慢來。」曜日當然知道黑狐不會，他只是單純不喜歡輸的感覺。

「大人，您這樣勝之不武！」白狐在一旁實在看不下去。

「少囉嗦！那不然黑狐你想玩什麼？」

偏頭想了想，黑狐答道：「躲貓貓，這個黑狐很拿手！可是黑狐不想當鬼，黑狐會好好躲起來讓曜日大人找。」

黑狐的本體是一隻瘦小的狐狸，躲藏在天花板的梁柱間，或是牆角的縫隙都不成問題。

可惜的是，這個遊戲沒辦法一個人玩，現在大家都在，不正是玩躲貓貓的好時機嗎！黑狐老早就想玩一回了。

「……玩你個頭！」曜日無情地駁回。

「咦？曜日大人為什麼要黑狐玩自己的頭？白狐？」

黑狐摸摸自己的頭，翻了翻兩隻毛茸茸的耳朵，不明白頭要怎麼玩，只好轉而向白狐求救。

白狐只是摸摸黑狐的頭，什麼都沒說。

不想理黑狐白狐，曜日將注意力轉向一直沒精打采的女孩。

「欸，奈奈，妳到底要意志消沉到什麼時候啊！」

「消沉到拿出證據給你看為止！」奈奈刻意撇開頭，不看那張令人火大的臉。

曜日聳聳肩，「我又沒說不相信妳。」

「可是看你的樣子就是不相信啊！」

「奈奈，我問妳。」曜日適時地轉移話題，「學校是好玩的地方嗎？」

奈奈眉頭重重一挑，「學校是學習的地方，再怎麼樣都算不上好玩吧？」

可能還是會有人覺得學校有趣，但那應該只占少數。

奈奈不明白怎麼會忽然提到這個話題，唯一的可能性是，曜日想對學校動什麼歪腦筋。

「我警告你，雖然其他人看不到你，但你不准去學校！會影響我上課！」她事先聲明。

她明年就要升高三了，如果不在此時努力打下基礎，之後的課程會很難銜接下去。

所以她絕對不會讓曜日到學校搗亂！

「光明正大地去就可以了嗎？」曜日反問。

「不管是偷偷摸摸還是正大光明都不行，除非你有正當理由。」奈奈嚴厲地說。

「有正當理由就可以了？」曜日的眼睛登時亮了起來。

「沒錯！前提是，你要有才可以！」

奈奈壓根不相信這個輕浮的土地神會有什麼正當理由。

顯然，她的推測在多天後被毫不留情地推翻了。

而且，對方明顯是有備而來。

因為曜日有充分的「正當理由」！

第二則

土地神通常有足夠的理由巡視人間

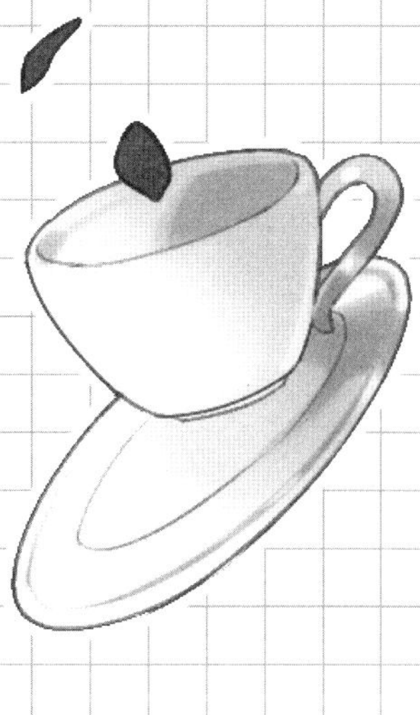

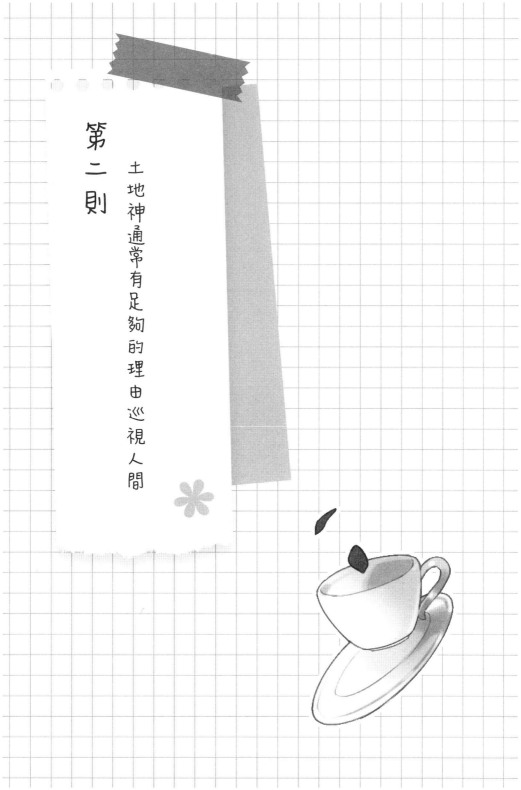

「這是怎麼回事？」奈奈的嘴張成O字形，呆站在走廊上，盯著眼前充滿粉紅泡泡的一幕。

這種情竇初開的氣氛似曾相識，她得小心避開飄浮在空中的泡泡，不被其中蘊含的愛意灼傷。

奈奈的話語說出了在場所有女生的心聲，只不過她們都沒有開口，只是以驚愕的目光看著已然陷入兩人世界的一男一女。

男的不是別人，正是學校裡的風雲人物——安鳳夜學長。

女的則是同樣受人注目，同時也是女生公敵的白伶。

他們站在人來人往的走廊上，開心地談天說笑，全然不顧周圍路人的眼睛有被閃瞎的危險。女生主動挽起男生的手臂，男生也沒反對，只是眼帶笑意地揉了揉對方的頭髮。

儼然就是一對交往中的戀人！

兩人散發出強烈的粉紅光輝，讓許多人下意識地舉起手擋住刺眼的光芒。

奈奈覺得自己好像被揮了一拳，喔，不，應該是被連擊了好幾拳。要是在遊戲裡，她現在應該躺平了，畫面還會附上碩大的英文字母「KO」。

「哎呀！」樂樂走到奈奈身旁，「他們什麼時候變這麼熟了？不，應該說他們有熟過嗎？」

聽見有人說出自己的心聲，奈奈總算回過神，抓著好友說：「對吧對吧！明明昨天之前學長和白伶還沒什麼交集，為什麼今天會變成這樣？進展也太神速了吧！」

難道是昨天那個意外插曲後，他們之間起了微妙的化學變化？

「誰知道，我看不懂，也無法理解。」樂樂搖搖頭。

「啊，可能是白伶被學長的球砸中，學長心生愧疚才答應跟她交往？」

學長是個好人，這麼做的可能性接近百分之八十。

果然，問題就出在那顆球身上！

「樂樂，妳快去找顆球狠狠砸我，這樣學長就會注意我了！」即使只是眼角餘光也好！

「妳傻了嗎！」樂樂頓時無語，朝奈奈的腦袋狠K一拳。

「呀，好痛！」眼角掛淚地摸著被K的部位，奈奈的內心也在默默淌淚。

白伶和學長聊了一會兒，終於決定移動到別的地方，繼續危害其他人的眼睛時。行進途中，白伶不小心拐了一腳，學長趕緊上前扶她，而白伶順勢地依偎進學長懷裡，兩人的距離頓時縮短不少。

之後兩人緩緩步下樓梯，消失在看傻的眾人眼前。

聽到其他人跟著離開的腳步聲，奈奈這才收回視線。

「樂樂，妳有認識收費便宜的殺手嗎？」在找殺手這件事上，她沒有過多的預算。

「殺手我不認識，但我可以幫妳占卜一下！」樂樂邊說邊將隨身攜帶的塔羅牌展開呈扇形。

奈奈隨機抽取一張，好奇地湊過去，「結果如何？」

樂樂慢條斯理地解讀卡牌傳遞出來的訊息，「妳的這份戀情，看來是注定無疾而終了。」

「什麼！」彷彿遭到雷擊，奈奈的臉垮了下來，「塔羅牌真的這樣說？」

「不，我不用看牌也知道必定是這個結果。放棄吧，奈奈。」樂樂安慰地拍拍好友的肩，轉身走回教室。

奈奈此時此刻的表情完美地呈現出「囧」這個字，要不是鐘聲在這時響起，她不知道還要在原處定格多久，才能從打擊中恢復過來。

白伶和學長成為一對戀人的八卦，瞬間在學校裡傳得沸沸揚揚，無論哪個角落，都有人在談論此事。

大家都想知道，這兩個沒有交集的人是如何搭上線的？如果昨天那場籃球賽是主因，那這場愛火未免延燒得太快了！

奈奈真的一點頭緒都沒有。

「同學，借過一下。」

奈奈正站在洗手臺前發愁，完全沒注意到後面有人，她趕緊讓出空位，卻在看清來人時愣住了。

「白伶。」她下意識地喊出對方的名字。

「喔，是奈奈啊。」白伶回應。

她們是同班同學，這樣的互動似乎很正常，但是……白伶從來不曾如此親密地叫她的名字！

愛情真會使一個人改變這麼大嗎？就像是不同的兩個人。

「白伶，妳和學長還好嗎？」奈奈試探性地詢問。

「嗯，很好啊！」一談到學長，白伶臉頰微紅，「學長真是一個體貼細心的人，我好幸運有這樣的男朋友喔！」

「那真是恭喜妳了。」宮奈奈幾乎是面無表情地說，「能不能問一下，妳和學長是誰先告白的？」

「是學長，他說他對我一見鍾情，然後我們啊——」

白伶邊說邊扭開水龍頭，奈奈只慶幸，剩餘的話語都被流水的嘩啦聲蓋過去了。

洗完手，白伶在拿手帕擦手時，一個不小心讓手帕掉了。

奈奈反射性地彎腰去撿，同時白伶也將手伸了過來。肌膚相觸的瞬間，白伶像是被火燒到一樣，立即驚恐地縮手。

奈奈將手帕還回去，渾然不知道方才發生了什麼。

收下手帕，白伶眼底閃過一抹嫌惡的情緒，簡單地道了謝後，就抓著手帕匆忙離開了。

在奈奈看來，根本就像是慌張地逃離現場。

奈奈反覆翻著自己的手掌，手背上一般人看不見的神紋清晰地烙印在原處，什麼動靜都沒有。

「難道是因為靜電？」沉思良久，最後只能得出這個結論。

望著白伶離去的方向，她還是想不明白。

趁著放學後，人都走得差不多了，宮奈奈形跡可疑地摸進體育器材室。只能說奈奈太好運了，好運到不可思議的地步，以往都有專人看管的器材室，今天奇蹟似地一個人都沒有，而且門居然也沒上鎖。

器材室空間不大，雜物雖多，勉強能算是井然有序，同樣類別的都集中在一區。

奈奈很快就找到了放置籃球的地方，但問題是她要如何在幾十顆籃球當中，找到學長昨天用的那顆球？

她決定先將全部的籃球一一排列好，再依序拿起，藉由神紋感知上頭有沒有詭異的氣。

前面十顆她都沒感覺到什麼，只聞到濃濃的橡膠味，而當她拿起第十一顆時，雖然很微弱，但上面的確殘有奇怪的氣。

看來十有八九就是它了。

果然不是錯覺，也不是憑空幻想出來的——有東西正潛伏在學校裡。

處理這東西應該算是土地神的工作吧？何況事關學校，不可能置之不理，她還想在這裡平靜地度過一年呢。

奈奈想得很認真，完全沒注意到後方有人出現。

「妳是誰?在這裡做什麼?」

聲音響得突然，嚇了奈奈一大跳，以為被老師抓包了。

然而等她回過頭看清對方的長相時，更是整個人變得像石頭一樣僵硬，不敢動彈。

出現在奈奈眼前的人，是安鳳夜學長。

「我、那個……」舌頭像是打了好幾個結，奈奈支支吾吾的，只希望不要被當成小偷才好。

「妳是來打掃器材室的嗎?」學長倒是幫忙想了一個好理由。

「對!就是那麼回事!」奈奈立即順著學長的話接下去。

「需要幫忙嗎?」

「不用不用!我一個人就夠了!」應該說有其他人在事情反而變得麻煩。

好不容易終於等到兩人獨處的機會，但奈奈沒被沖昏頭，心裡還掛念著白伶以及會轉彎的籃球。

學長只是個普通的凡人，壓根幫不上忙，所以最好的辦法就是趕快支開對方，不然每多拖一秒，奈奈就多一分被老師發現的可能。

「學長，你不去找白伶嗎?」

「妳認識白伶？」

雖然不想承認，但奈奈還是點了點頭，「我們同班。」

「白伶真的是個很棒的女生，不僅溫柔體貼，料理也挺拿手的，我沒看過像她那麼完美的女人！」

學長露出作夢般的夢幻表情，陶醉在自己說的話中。

「學長，我們認識的白伶是同一個人嗎？」到底是學長在作夢，還是她在作夢啊？她印象中的白伶和學長說的那些特質，根本完全沾不上邊好嘛！

「妳在說什麼，學校裡當然只有一個白伶啊。」

學長的表情有些怪異，說完就恍恍惚惚地離開了器材室。

奈奈沒有追出去，她知道學長是怎麼回事了，八成是被下了降頭！現在問題的癥結就在白伶身上。白伶只是個普通人，後面肯定有東西在幫助她，否則憑她一己之力，不可能辦到那麼多事情。

奈奈抱著球，試著感知上頭的氣息，可是能獲得的資訊少之又少。不知過了多久，光線漸漸隱沒，取而代之的是一室黑暗。

她本以為天色暗了，抬起頭，卻發現一項驚愕的事實——門竟然關上了！

球一扔，奈奈著急地握住門把，但不管如何轉動，門鎖依然文風不動。

天啊，她被反鎖在體育器材室內了！

「喂！外面有沒有人？我被關在器材室裡面了！」

奈奈大聲呼救，可是喊了許久，門外連半點聲響都沒有，更遑論有人會來救她。

幸好門板縫隙流露出一點點光線，還不至於目不視物，她趕緊打開器材室的電燈，卻發現不論怎麼按，電燈都毫無反應。

彷彿嫌棄她不夠淒慘似地，不只燈壞了，沒想到她的手機偏偏也挑在這個時刻無情地背叛，不只沒訊號，右上角的電量明顯來到底端，隨時都會沒電。

「今天該不會要在這裡過夜吧……」

奈奈蜷縮起身子，看著手機螢幕逐漸黯淡的光線，接下來的事她根本想都不敢想。

原想唱首歌為自己打氣一下，但在這靜謐的空間製造噪音，只是讓恐怖的氣氛加倍成長，一點幫助都沒有。

體育器材室應該不會有那個吧？多虧了她的神力，平常已經看夠那些東西了，要是現在忽然出現，難保她不會嚇得昏死過去。

懷著忐忑不安的心情，奈奈眼睛睜得大大的，深怕會有什麼東西衝出來。

時間流逝得很快，傍晚過去，夜晚降臨，僅有的微弱日光也沒了，黑暗像潮汐般將奈奈淹沒。

眼看手機的電量即將耗盡，她卻無計可施。

奈奈跟曜日因為神紋的關係，彼此間建立了某種連結，神力共用，也可以在內心築起一道橋梁和對方通話，可是從剛剛起，曜日那方始終都沒有回應。

無論奈奈怎麼呼喊，另一頭都靜悄悄的，似乎打從一開始，那一端就沒有任何人存在。

「曜日，你這個大笨蛋……」

現在這個時間，學校不可能會有人了吧……

就在奈奈放棄呼救的打算時，走廊上響起了穩定的步伐聲，不快也不慢，而且正朝著這邊過來。

奈奈立刻爬起身，整個人貼在門上，豎耳傾聽外面的動靜。

但那陣腳步聲驟然停下，過了一會兒後，又繼續邁開步伐，而後又停步了。

奈奈皺眉，不明白此人想幹嘛。

難不成是在跳探戈？

不管他到底想幹什麼，反正有人就有一線生機，奈奈大力地拍了拍門，「哈囉，有人嗎！我不小心被鎖在這裡了！」

沒多久，腳步聲重新響起，然後停在器材室外面，幾秒後傳來了門鎖轉動的聲響。

奈奈的一顆心都提到了嗓子眼。

門打開的剎那，奈奈差點喜悅地驚叫出聲，但在看見門後的男人時，不免一愣。

「你是誰？」

男人大約二十五上下，五官端正，一雙黑眸炯炯有神，堅挺的鼻梁上架著一副無框眼鏡，看起來十分穩重。

要是學校裡有這麼帥的老師或警衛，奈奈不可能沒聽說過。

「我是最近新來的歷史代課老師。」對方先作了自我介紹，隨後問，「這麼晚了，妳一個人在這裡幹什麼？」

代課老師的流動率很大，如果此人所言屬實，那麼可能是他才剛來，新任帥哥代課老師的消息還沒傳到奈奈這裡吧。

「呃，這個說來話長……」奈奈一臉尷尬地刮刮臉頰。

「妳還想在裡面待多久，不出來嗎？」帥哥老師微微側身，示意奈奈趕緊出來。

奈奈手忙腳亂地把籃球都放回原位，才趕忙拿著書包跑出器材室。

代課老師重新將器材室的門關上，鎖好。

「走吧，我陪妳到校門口。」

淡淡地拋下這句話，他手持手電筒率先走在前頭。

「老師，這麼晚了，為什麼你還在學校？」

看著前方代課老師那完美飽滿的後腦勺，奈奈隨口問著。

「沒什麼，今天剛好輪到我值班。」代課老師頭也不回地回答。

咦，代課老師也需要輪班嗎？她怎麼沒聽說。

然而奈奈只是喔了一聲，乖乖跟在老師後頭，途中老師也沒有再逼問這麼晚了，奈奈為何一人待在體育器材室，也沒有追問她是哪一班的學生。

「妳一個人晚上回家時要注意安全，那就先這樣囉。」

到了校門口，代課老師依然沒什麼表情，酷酷地說完話後立即轉身離去。

「好，老師再見。」

看著對方走遠，奈奈很懷疑他有沒有聽見這句話。

雖然代課老師救了她，還送她到校門口，但是她一直覺得很奇怪，對方為什麼會知道她被反鎖在體育器材室裡？

她對外呼救的時間不長，至少在老師出現前，她已經安靜一陣子了。如果說只是剛好巡邏經過，為什麼前面的腳步聲會走走停停的，感覺像在找東西呢？

還有手機在器材室竟然收不到訊號，她明明記得附近有基地臺，要說訊號，那裡才應該是最強的吧……

算了，不想那麼多了！

奈奈甩了甩頭，只覺得今天真是倒楣，看了一眼深沉的夜色後，連忙踏上返家的道路。

早晨起了薄霧，放眼所及的景物似乎都在霧海中載浮載沉，宮奈奈不知道自己是否要感謝這陣突如其來的霧，才沒讓人撞見她雙眼下方的兩個黑眼圈。

昨晚一回到家，想當然耳得面對父母的叨念。奈奈自知理虧，只是默默承受，絲毫沒有回嘴的意思。

再來，就是最近學校發生的一連串事情，在夜深人靜時，仍然糾纏著她。

真相明明就在眼前，她伸手過去卻什麼都碰不到。

那夜，奈奈瞪著天花板，輾轉難眠。

奈奈在上學途中繞去了小廟，誰知才剛到，白狐和黑狐就告訴她曜日不在廟裡。

「曜日不在？」她沒聽錯吧。「那傢伙又跑去混水摸魚了嗎？」

果然男生是種心智年齡不會成長的生物，即使已經是高齡好幾百歲的「老公公」，腦袋還是像小孩一樣。

「不知道。」黑狐誠實地搖頭。

「曜日大人最近不知道在忙些什麼，也不告訴我們，神神祕祕的。」白狐這樣說道。

「什麼意思？」

兩狐默契地聳肩，接著再一致地搖頭，他們也不知道。

於是，奈奈決定放學後再來土地廟一趟。

精神恍惚地走在平日必經的上學路線上，奈奈拖著沉重的步伐，走著走著，竟不經意地直接撞進一堵堅實的胸膛上。

「啊，抱歉。」

囁嚅了一聲，奈奈抬腳繞開，手臂卻被對方用力拉住。

「咦？」

她抬起頭，看見一張眼熟的面容。

是玄音。

「為什麼不管走到哪裡，我都能遇見你？」奈奈扶額嘆氣。

「因為我們有緣，緣分是件很奇妙的事！而且妳還沒跟我說，最近你們學校有沒有發生奇怪的事！」玄音緊追不捨地問。

「你是指學校裡有沒有發生遇見變態以外的事情嗎？」

「對！啊，不對！都說了我不是變態！」

玄音趕緊糾正自己的口誤，直到看到宮奈奈的笑容才知道被耍了。

「你果然很有當搞笑藝人的潛力。」

他不高興道：「就算妳這麼誇獎我也沒用。」

「你看起來就一副很閒的樣子，都不用上學或工作嗎？」有錢的公子哥？

「我現在就是在工作。」玄音理直氣壯地回道，「還有，妳到底要不要告訴我學校的情況？」

「重點是我也什麼都不知道啊。」奈奈攤手，「學校確實發生了怪事，但那終究是人為還是——」到了嘴邊的「惡靈作祟」硬是被她嚥了回去。

玄音只是普通人，跟他說一定不懂吧，而且很可能會被當成神經病。

「還是什麼？」玄音追問。

「沒什麼，我快遲到了，再見。」奈奈及時打住話題，果斷繼續因玄音而被迫中斷的步伐，試圖直接甩開對方。

玄音不是會輕易放棄的人，一路跟隨著奈奈直到校門口，但也僅止於此，他無法跨越雷池一步，只能眼睜睜看著奈奈進入校園。

甩開麻煩後，宮奈奈走進教室，早自習不久後就要開始了。然而她還沒走到座位上，就發現教室裡多了一個空位。

難道有轉學生？

納悶地坐進自己的位置，奈奈把書拿出來，預先準備下午的小考。

早自習就在全班一致安靜苦讀的氣氛下結束，休息十分鐘後，第一節課緊接著開始了。

第一節是國文課，是班導的課。

班導是個四十歲上下的已婚男子，為人幽默風趣，興致來時，還會講幾個有趣的故事。

鐘聲響起，班導走進教室，和大家寒暄了幾句，接著開始點名。

全班同學的名字都被喊過了一遍，今天難得地沒人因故缺席，本該是件值得嘉獎的事，班導看著敞開的點名冊，卻搖了搖頭。

「他又遲到了嗎？真是拿他沒辦法。」

班導說著，在某人的名字上記了一筆。

「他？老師在說誰啊，不是都到齊了嗎？」宮奈奈忍不住回頭問向坐在身後的樂樂。

「就是那個遲到大王啊。」樂樂理所當然地回答，似乎不解好友的疑問從何而來。

班上同學神色平常，看來對「他」也很熟悉，只有奈奈一個人被蒙在鼓底。

真是太奇怪了，班上忽然多出的「他」到底是誰，為什麼自己沒有半點印象？

聽著樂樂細數對方入學以來的種種事蹟，正當奈奈要被滿腦子的問號淹沒之際，教室的門被人用力拉開。

緊接著，大家口中談論的「他」走了進來。即使被班導責罵，他仍然一臉笑嘻嘻的，班導拿他沒轍，只叫他快回位子上坐好。

他的位子就在奈奈那排的最尾端，隨著他的走近，奈奈再也不能忽視他。

那雙含笑的眸、那個痞痞的笑，即使對方化成灰她也不會錯認！

只是奈奈不明白，他來這裡幹嘛？而且為何大家都對他很熟悉的樣子？似乎他打從開始就是班上的一分子，而不是今天才突然出現的「轉學生」。

當然，此人一點都不神祕，也不是什麼轉學生。

他問「上學好玩嗎」，原來為的就是這件事情！

瞬間醒悟的宮奈奈，咬牙望著曜日一派清閒地從她身旁走過。

曜日刻意朝她挑了挑眉，眼神裡淨是得意，像是在說：這樣的理由，夠光明正大了吧！

「曜日，你在想什麼！廟都不用顧了嗎？你這個失職的土地神！」

奈奈發動神紋，透過心靈連結起與曜日之間的橋梁。

過了一會兒，曜日慵懶的嗓音才在奈奈內心響起。

「廟裡的事務交給妳還有白狐黑狐就夠了啊。是妳說學校發生了奇怪的事情，我才來看看的。」

「可是也不能用這種方法啊！」雖然旁人聽不見他們此刻的對話，奈奈還是下意識壓低聲音回應，「而且為什麼他們看得見你，還一副跟你很熟的樣子啊！」

「我稍微更改了他們的記憶，在他們的腦海中製造關於我的印象罷了。」曜日輕描淡寫地說著。

「神力不是這樣用的吧！」奈奈驚愕。這個樣子真的沒問題嗎？

「安啦安啦！」有他出馬，還怕什麼搞不定？「等我玩……我是說等事情結束，我自然會消除他們的記憶，一點痕跡都不留。」

奈奈雖然看不到對方，但她知道曜日此刻的表情肯定很心虛。不需要思考，就知道曜日是出來鬼混摸魚兼玩樂的！什麼調查，都只是順便而已！

至於白狐和黑狐怎麼會答應讓曜日出來，原因也很明確了。奈奈猜測，曜日此番胡亂的作為，根本一開始就沒打算讓兩狐知道。

「那他們為什麼看得見你，一般人不是看不見神嗎？」

「啊，這個喔。」曜日頓了頓，卻沒打算把話接下去。

「這個喔是什麼意思？」奈奈不滿地質問。

「就是說，只要我想讓一般人看見，他們就能看見我。憑我現在的神力，這點小事輕而易舉。」

「不管，總之你明天就給我轉學，不，是快退學！」為了自己往後的寧靜校園生活，奈奈強烈地要求。

等了半晌，曜日都沒回話，奈奈忍不住再重複一次。

「曜日，你聽到沒有？快點回廟裡去！」

然而這次仍然毫無回音。

奈奈這時總算明白了，曜日直接切斷了他們之間的心靈聯繫！

「曜日！」奈奈大吼一聲，一時不察，就把內心的聲音透過自己的嘴講了出來。

空氣頓時凝結，全班同學包含老師的視線，一起集中在了奈奈身上。

如果此刻地上有個大洞，她絕對會二話不說地縱身跳下去，把自己就地掩埋，就不用面對這種令人尷尬的處境了。

奈奈平日也還算安分守己，沒想到辛苦累積兩年的形象，只花了幾秒就全被己毀掉了！

「宮奈奈同學。」一陣沉默過後，班導終於出聲了，「即使妳很欣賞曜日同學，也不用特地選在課堂上講出來啊。」

語畢，班上同學哄堂大笑。

奈奈面紅耳赤地低下頭，不明白事情怎麼會演變至此。

稍微抬起頭，看向曜日的方向，就見一點都不神祕的轉學生正朝著她露齒賊笑。

根本就是唯恐天下不亂！這樣的人當初是怎麼當上神仙的啊！

宮奈奈俐落地挽起袖子。既然軟的不行那就硬來吧，她絕對會用盡一切方法，不計手段，也要逼迫曜日轉學！

不然，奈奈二字反過來寫！

如果白狐在這裡，一定會當場糾正奈奈——即使奈奈兩個字反過來寫，念法和寫法還是不變的唷！

第三則

土地神跟年輕人有代溝

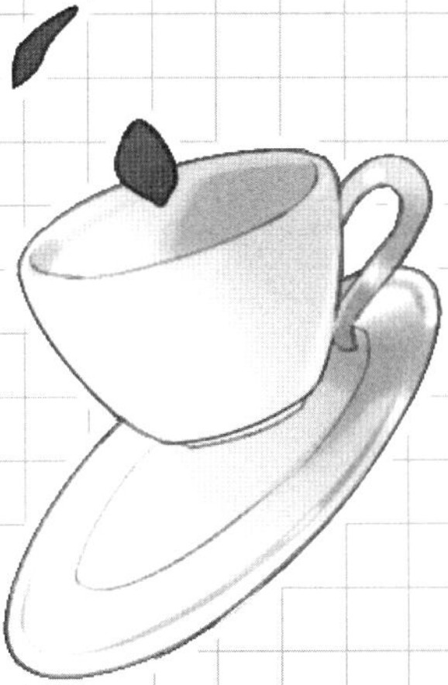

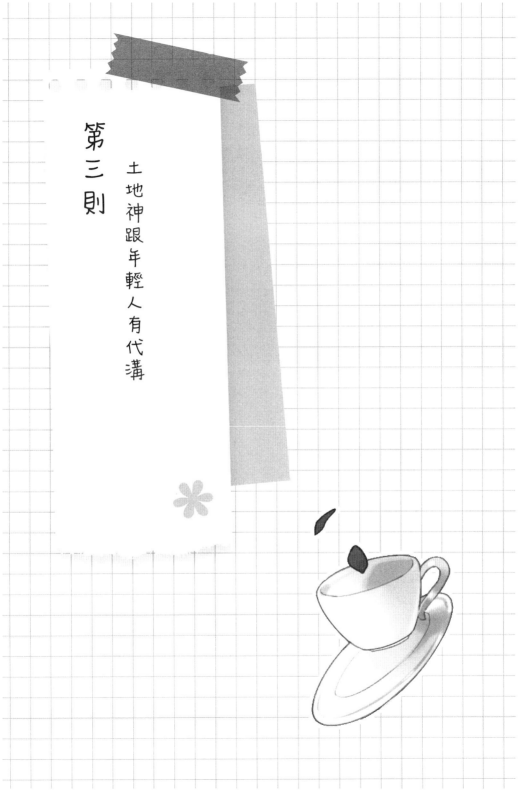

放學鐘聲響起，大家開始動手收拾東西，準備踏上歸途。

奈奈迅速將文具跟書本整理好，再衝到曜日的座位前，然而道高一尺、魔高一丈，空蕩蕩的座位顯示她還差得遠呢。

本來是想趁沒人注意的時候，拉著曜日到沒人注意的角落，然後脅迫他……

「沒人注意的角落是嗎。」樂樂不知何時背好書包，來到奈奈身旁。

「耶，什麼？」該死，她剛剛又不小心吐露心聲了嗎。

「奈奈妳什麼時候變得這麼大膽，真看不出來啊，那麼安鳳夜學長呢？」樂樂挑眉。

「呃，事情不是妳想的那樣啦。」她是不是又挖坑給自己跳了？

「不過學長都有白伶了，轉移目標也是應該的。」不給奈奈解釋的機會，樂樂自顧自地說著，還一臉我懂妳的表情。

「什麼啊……」

「天涯何處無芳草，何必單戀學長這枝草？不管結果如何，我都會支持妳！」拍拍好友的肩，樂樂以行動鼓勵好友的新戀情開花結果。

奈奈已經不想解釋了。

直到樂樂的離去腳步聲逐漸消失，她才悶悶不樂地說：「誰喜歡那傢伙啊！」

更何況她口中的那傢伙，已經高齡好幾百歲了！

原本想去土地廟看看，但途中下起的大雨讓奈奈打消了念頭。一邊以書包擋雨，一邊碎念著春天的天氣也太陰晴不定，她遠遠看見自家中傾瀉而出的燈光，更是加足了馬力往前衝。

回到家，奈奈幾乎全身都濕了，她匆匆回房換了一身乾爽的衣服後，就往平日吃飯的地方走去——廚房兼飯廳。

不待走近，她就聽見大夥在聊天，還有碗盤碰撞的聲音。

有客人？但就算有客人來，也不可能不等她就擅自開飯啊！

一方面覺得委屈，另一方面奈奈也想知道這位讓他們家熱情招待的客人是誰。只是就快走到飯廳時，她忽然有些猶豫，如果在這時插進去，那個場面會很尷尬吧？

沒煩惱多久，媽媽剛好起身要為客人再添一碗白飯，撞見了躲在牆邊不出聲的奈奈。

「奈奈，妳回來了啊，快來吃飯！」媽媽手腳俐落地也為她添了飯，放在唯一的空位上，正對著客人。

無奈地應了聲，奈奈心不甘情不願地拖著腳過去，拉開椅子坐下，這才看清楚了客人的身分，登時瞪大了眼睛。

「……你為什麼在這裡？」無言。

「朋友到家中拜訪應該沒什麼吧。」嘴角輕勾。

「的確是沒什麼。」奈奈皮笑肉不笑地回應，「但我家人都和你一副很熟的樣子，又該怎麼解釋啊！」

「那自然是——」曜日豎起食指，在空中比劃了幾下。

空氣中傳來了陣陣青草味和花朵盛開的芬芳。

曜日的意思再清楚不過了。試問，除了神力，這世上還有什麼能辦到這種事嗎？

奈奈也能使用神力，但她認為神力應該用在正確的人事物上面，而不是像曜日這樣隨便濫用。

「對不起，我對花過敏。」奈奈冷冷地說。她輕輕吐出一口氣，空氣中的香味頓時消散。

「奈奈，妳在說什麼啊？妳不是最喜歡花花草草，小時候還吵著要開闢一個自己的花圃嗎！」

「媽！」馬上就被自家老媽出賣的奈奈，真的懷疑自己是不是被撿回來的，不然怎麼自家人都這麼不挺她。

「曜日，再多吃一些吧，菜都是有機栽種的喔！」

爸爸說著，挾了些菜送進曜日碗裡。

就連小弟小妹也主動向曜日示好，童言童語地說起今日在學校發生的趣事。

看著這麼和樂融融的一幕，奈奈覺得自己十分格格不入，好像她才是客人一樣。可是，這裡終究是她的家，曜日才是外來人吧！

「我說你啊！」奈奈將碗重重放下，「給我差不多一點！」

大家都被嚇了一跳，唯獨曜日一派悠閒地看著奈奈。

「妳說我嗎？」

「不是你是誰！你來這裡有什麼目的？吃完就可以滾了吧！」奈奈生氣地瞪向曜日。只是在眾人驚愕的目光中，她的氣勢漸漸弱了下來。

她果然還是不擅長這種事啊！為什麼場面會這麼尷尬啊！

一陣令人坐立難安的沉默過後，曜日終於出聲道：「沒想到奈奈這麼不歡迎我……」

與平日那種自鳴得意的嗓音不同，他狀似沮喪地垂下肩，雙手掩面，作勢啜泣。

這下換奈奈被嚇呆了，她從來沒想過曜日居然能有如此生動的演技。

不對，現在是佩服他的時候嗎！

「奈奈，妳怎麼能這麼說話！」媽媽大人不開心了，「妳和曜日從以前不就是好朋友嗎！」

「以前？多久以前？」

「五歲時曜日跟家人搬到我們家附近，那之後你們不是就常常一起玩嗎，就像青梅竹馬一樣啊！」

竹馬個鬼啦！為什麼她都不知道！

「這是什麼鬼設定！」看著媽媽說得煞有介事的模樣，奈奈只慶幸還好自己沒喝茶，不然可能就會在飯桌真實上演一遍「噴茶」了。

「即使你們吵架了，也用不著把話說得那麼難聽，妳看，曜日都被妳弄哭了。」沒想到，爸爸也站在曜日那邊。

孤立無援的奈奈，抱持著最後的希望看向小弟小妹，只是他們也以不贊同的表情望著奈奈。

家人沒一個站在自己這邊，奈奈的心口頓時被插上了好多把刀。

而曜日演戲演得起勁，雙手掩面，肩膀上下抖動，發出一陣介於哭與笑之間的嗚咽聲。

奈奈堅信，這傢伙一定在偷笑。

「算了，你愛怎樣就怎樣吧。」她深深嘆了口氣，坐下吃自己的飯，打算徹底無視曜日。

曜日見沒戲可唱，無趣地撇撇嘴，收起誇張的演技，繼續跟他設定中的青梅竹馬的父母親聊天。

愉快的氣氛回籠，彷彿方才發生的小插曲完全不存在。宮奈奈則像是在賭氣似的，全程不說一句話。

晚飯過後，曜日就趁著媽媽收拾碗盤時，說自己差不多該走了。

「奈奈，送曜日——」

不等媽媽說完，奈奈就一口答應，「好！」接著拉著曜日的手衝出家門。

即便大雨停了，夜晚的涼風仍然夾帶著水氣，聞起來有股潮濕的味道。

「你打算怎麼跟白狐說？」奈奈盯著曜日，率先發難。

雖然白狐名義上是曜日的下屬，但嘮叨的功力可不遜色，甚至比曜日這個土地廟的正主更像主人。

「就是白狐答應，我才出來的啊！」

奈奈斬釘截鐵道：「不可能，今天早上我才去廟裡問過白狐他們！」

「哈哈……」謊言被戳破，曜日心虛地移開視線，「反正白狐日後一定會答應的啦！」

「你果然沒跟白狐說過！」

「等等，我不需要凡事都向他們報備吧！」曜日急欲尋回自己的地位，「我是誰！」

「土地神啊。」不像神的神。

「沒錯，我既是白狐黑狐的的主人，同時也是守護這塊土地的守護神，就近觀察凡人的生活不是很好嗎！」而且曜日覺得最近他的地位越來越低下，不扳回一城不行！

「你的身分是土地神沒錯，但行為舉止嘛……」就和小孩沒什麼兩樣。

「喂，不要以為我不知道妳在想什麼失禮的事！」只要內心沒有封閉，曜日隨時都能察覺奈奈的想法。

不過，看著奈奈壞心的笑容，曜日相信奈奈是故意說給他聽的。

很好，這小妮子翅膀長硬了是嗎！

「總之，既然你決定要上學，我也不阻止你了，你自己加油吧。」雖然曜日好像混得比自己還好，讓她有些吃味。

曜日驚訝地挑眉，問：「妳不反對了？」他還以為奈奈會貫徹自己的理念，從頭反對到尾。

奈奈無奈地翻了個白眼。反對？反對有用嗎！曜日那種說做就做的性格，有哪次問過她的意見？

她都是最後才知道的那個人！

「你高興就好。」體認到這項悲哀的事實，奈奈幾乎是面帶淚光地說。

「妳有那麼感動嗎？」曜日偏過頭，忽然想起一事，「不過，今日我到校園閒晃的時候，發現空氣中隱約有股奇怪的氣。」

「什麼，真的嗎！」奈奈一掃先前的陰霾，趕緊抓著曜日，想要問出更多細節。

「嗯，而且越靠近你們那棟大樓，那股氣就愈加明顯。」

「還有呢？」

「還有什麼？」曜日不明白奈奈的意思。

「你只發現這個？」奈奈難掩失望。

「對啊，就只有這樣。」看著奈奈沮喪的樣子，曜日一時興起作弄女孩的念頭，大手一拍，將女孩微微淋濕的秀髮弄得凌亂不堪。

「等一下，你幹嘛啦！」奈奈的心情就像她被弄亂的頭髮一樣，非常不美麗。

「好啦，我要走了，不必送我。」曜日打了呵欠。

「你現在就要走了？」在曜日還未把「想我啊？」這等輕浮的話語吐出口前，奈奈接著就說：「那學校的事怎麼辦？」

「在事情明朗化之前，走一步算一步吧。」

目前也只能這樣了。

宮奈奈最後沒說什麼，只是望了曜日一眼，在轉身走進家門前扔下一句：「明天見！」就進屋裡去了。

看著宮奈奈轉身離去的背影，曜日的心裡一瞬間有些落寞。

其實，他一直很羨慕有家人的感覺，所以才會不打一聲招呼就擅自跑來這裡，想看看奈奈的家人，而他們就跟奈奈一樣，都是很不錯的凡人。

他不知道自己在期望什麼，本來是希望奈奈會主動提議陪他一起走回土地廟，可是奈奈非但沒說，還用堅決的關門聲來回應他的期待。

看來今天她真的很生氣呢，想到這，曜日不禁苦笑。

「真無情。」

摸摸鼻子，他踏上通往小廟的路途。

或許曜日不如他所想的那麼孤單，畢竟小廟裡總是有兩抹如出一轍的小小身影，在那裡等待著、期待著他的歸來。

宮奈奈一腳跨進教室，就見曜日老老實實地坐在位置上，轉頭望著窗外發呆，連奈奈走到他身後也渾然不知。

「曜日，你在發什麼呆？」說著，奈奈從後方惡作劇地推了曜日一把。

沒想到曜日竟然毫無防備，整個腦袋直直往桌上撞去，發出了不小的撞擊聲。

「天啊，曜日你不要緊吧！」奈奈趕緊上前關心。

「奈奈……」曜日的頭仍然磕在桌上，沒有抬起的打算。

「怎麼了？」她只是想跟曜日開個玩笑，報一下昨晚的仇，結果仇沒報到，還得背負有可能把曜日的頭撞壞的愧疚感。

曜日艱難地抬起頭，「奈奈，學校一點都不好玩啦！」

「蛤？」奈奈一愣，「你昨天不是才興致勃勃地來學校嗎？」

「我發現我無法加入其他人的話題。」曜日嘆了口氣，看樣子似乎真的大受打擊。

「什麼話題？」奈奈被勾起了好奇心。

「女生都在聊什麼少男時代，那是啥？」曜日投給奈奈疑惑的眼神。

「喔喔，那是一個最近很紅，由九個男生組成的偶像團體。」即使是奈奈這種沒在追星的人，也常常會看到他們出現在各大媒體以及報章雜誌上面。

「還有還有！」曜日的話還沒結束，「她們還問我是哈日、哈韓還是哈歐美，可是我只聽過哈密瓜。」

「她們是在問你迷哪一個國家的文化啦。」宮奈奈開始覺得曜日有些可憐。這就是年齡上的差距啊，所謂的代溝。而且這條溝足足橫跨了好幾百年！

「男生也是，他們聊的話題我幾乎一句都插不上。」

「他們都聊些什麼？」奈奈很難想像男生也會像女生聚在一起吱吱喳喳地聊天。

「他們私底下都會交換一個光碟片。」

喔，奈奈心裡大概有譜了。

「奈奈，妳知道什麼是A——」曜日想再問下去，卻被奈奈的凌厲視線嚇得噤聲。

「是你不會想知道，也不會想嘗試的東西！」

「為什麼我不會想知道？」

「停止！」奈奈強硬地中斷了話題。

看樣子奈奈堅決不想回答，曜日只好將到嘴邊的問題一一嚥下，只是心裡還是有些納悶。

那個AKB50到底是什麼東西啊？為什麼奈奈聽到，臉色說變就變？果然女人就是種善變的動物！

就在此時，班上的兩位女同學主動來向曜日搭話。奈奈見狀，趕緊溜回自己的座位坐好，深怕她們認為自己與曜日有什麼不可告人的關係。

雖然從某個層面來說，他們的確有著不可告人的關係，只是這個祕密就算真的說了，恐怕也沒幾個人會相信。

「曜日，可以給人家你的號碼嗎？」其中一位女同學取出了自己的手機。

「號碼？」曜日雖感疑惑，但她們都主動要求了，還是報出一組長達十碼的數字。

女同學迅速將曜日報出的號碼存進手機。

另一位綁著馬尾的女同學也好奇地湊過來，「曜日，你有Line嗎？我們有辦一個群組，你要不要加？」

哪泥！假裝在溫習課本的奈奈，聽到這邊實在忍不住了。同班了這麼久，那兩個女生從未邀自己加入群組，果然是人帥真好。

「曜日，你確定這是你的手機號碼嗎？」短髮女生看了一眼那組奇怪的號碼，為求保障，忍不住問了一句。

「那是我常在報紙上看到的骨科診所電話，妳留著，或許日後能派上用場。」曜日漾起一抹人畜無害的笑容。

奈奈聞言，肩膀一歪，差點從椅子上摔下來。

「……真是謝了。」面無表情地說完，短髮女孩立即把號碼刪除，毫不遲疑。

馬尾女孩見同伴出師不利，仍不死心地追問，「曜日，別那麼小氣嘛！只是手機號碼，你不會不給吧？」

「可是我沒有手機啊。」曜日坦承。

曜日不說，奈奈都差點忘了，曜日外表看起來和時下年輕人沒什麼兩樣，骨子裡卻裝著古代人的靈魂，對現代科技完全沒轍。

兩個女生愣了一下，接著默契地一同笑出聲，顯然對曜日的說詞完全不買帳。

「怎麼可能啊！曜日你別開玩笑了，現在的人怎麼可能沒手機！」

可惜，她們並不知道曜日不是人。

「我真的沒有手機。」曜日蹙眉，不覺得哪裡好笑。

兩位女孩還想再說些什麼，上課的鐘聲卻在這時響起，她們只好心不甘情不願地回到座位上。

奈奈偷偷竊笑，好心情全寫在臉上。曜日只是忠實說出自己想說的話，但在旁人看來，那兩位女孩無疑被打槍了。

不知為何，她頓時感到心情愉悅無比。

這時，有人從身後戳了戳奈奈的肩，她疑惑地轉身，看向後座的柳顏樂。

「奈奈，妳今天怎麼回事，怎麼一下子生氣，一下子高興，還差點從椅子上摔下來？」

樂樂無法理解好友突如其來的行徑。

「呃，我有嗎？」奈奈傻傻地回應。

妳沒有嗎。樂樂默默在內心腹誹一句。

按照往常般，她迅速將塔羅牌展開呈完美的扇形，示意，「抽一張吧，奈奈，或許塔羅牌能解釋妳剛才的怪異舉動。」

面對老是這麼不按牌理出牌的好友，奈奈真的無語了。

曜日微服下凡的事情雖然讓奈奈分神，但她始終沒忘白伶的事。

這幾日，白伶的作息就和班上同學沒兩樣，除了偶爾會找安鳳夜學長度過甜蜜的兩人時光，此外就沒什麼特別的。

偏偏這樣一片祥和的樣子，更令奈奈感到焦躁不已。

不過，這件事不能著急，只能慢慢等待白伶自己露出狐狸尾巴才行……

「真是的，也太慢了吧！」奈奈忍不住抓狂起來。

「什麼太慢？」樂樂回過頭，看向排在她後面的奈奈。

這節課是體育課，男女各排成一列縱隊，等著跳箱，體育老師則站在一旁記錄每個人的成績。

「我是說，要輪到我們跳箱了沒，也太慢了吧！」特意加重語氣，奈奈轉移話題。

「快了，男生跳完就換我們啦。」樂樂看向男生的隊伍，幾乎一半以上的人都跳完了。

宮奈奈喔了一聲，其實她一點都不想跳箱，畢竟她上次的測驗成績只能用四個字形容——慘不忍睹。

為了舒緩緊張感，奈奈將注意力轉向男生們。

下一個就輪到曜日了。

在曜日前面的男生展現了絕佳技巧，輕輕鬆鬆跳過了六層跳箱，接著就換曜日上場了。

女生們頓時一陣騷動，為曜日加油打氣。

奈奈看著班上女同學為曜日傾倒的花痴樣，心裡只想著：如果土地廟也有這等人氣，或許她就不用整日為廟裡的業績操煩了。

體育老師的哨音響起，曜日輕鬆地跑上前，一腳踩上踏板，然後另一腳踏上……跳箱的頂部，在眾目睽睽下，用走的走了下去。

全場一片靜默，連呼吸聲都聽得一清二楚。

正當曜日打算瀟灑地走到隊伍尾巴時，就被老師叫住了。

「曜日，等一下。」

「怎麼了？」曜日停在體育老師面前，「我覺得成績已經很不錯了，所以我不想再跳第二次。」

這位懶散的土地神，能坐著就絕不站著；能使用神力就不會擺著讓它放爛。

在不能使用神力的情況下，凡是需要勞力或體力的活動，曜日能免就免。

「……你覺得是這個問題嗎？」那根本不是用跳的啊！體育老師臉上降下三條黑線。

「不然是什麼問題？」曜日反問。

「你知道跳箱的規則嗎……」

「什麼？」曜日同學表示第一次聽到這玩意，「這個叫跳箱，還有規則？」

本來只是隨口問問，但曜日的反應實在讓體育老師無言以對。

曜日可以讓人們看見、意識到他的存在，然而一旦對方懷疑他的來歷，法術就會失效，曜日也會被打回原形。不過即使這樣也沒關係，只是班上人會同時遺忘他的存在罷了。

不過，曜日早有對策。

「我是歸國子女。」

這招是奈奈教的，彷彿只要此話一出，所有不合理的狀況都能化為合理。

果不其然，大家聽了後紛紛表示理解。如果是歸國子女，從小在國外生活長大，對國內事物不太了解也很正常。

只是看到大家這麼輕易地接受，奈奈還是忍不住在內心吐槽。

國外沒跳箱也沒手機嗎！這傢伙根本不能算是人啊啊啊！不能因為長得有那

麼點帥，就全盤接受他說的話啊，可惡！

體育老師無奈，只能細心為曜日講解跳箱的規則。

跳箱測驗每人能有三次機會，利用剩下的兩次，曜日勉強通過了考試。姿勢雖然不能給滿分，但動作正確，整體表現可圈可點。

最讓人可恨的是，奈奈原本預計他會偷偷使用神力讓自己順利過關，可惜他並沒有那麼做。

男生跳完了，接著輪到女生。

在女生測驗的期間，男生可以自由活動。

只見曜日與那些男生打成一片，互相稱兄道弟，一起到體育館的另一端觀看其他班的女生打排球。

簡直是司馬昭之心路人皆知，男生們在想什麼幾乎都全寫在臉上，還好曜日不像其他臭男生，只是很專注地看著，似乎很努力想理解球賽規則。

不知不覺間，輪到了宮奈奈。

在體育老師毫無預警的一聲哨音下，奈奈趕緊將視線轉回跳箱上，而她的任務就是：跳過它。

女生要挑戰的高度與男生不同，體育老師已經事先請人拿掉一、兩層，照理來講應該會容許多。

奈奈深吸了一口氣，助跑，一腳踩上踏板，然後躍過跳箱頂部，順利到達另一邊，本該是如此才對……

但下手的支撐點錯誤，起跳的時間點也沒抓準，種種錯誤示範的結果就是，奈奈卡在跳箱中間，面紅耳赤地前進不了半分。

動彈不得的當下，奈奈的第一反應是看看曜日有沒有發現這一幕，被看到的的話，她以後在曜日面前就抬不起頭來了。

但是曜日根本就沒朝這邊望上一眼。

奈奈的心裡頓時湧上不知是慶幸還是失落的複雜感受。

狼狽地從跳箱上下來，奈奈回到隊伍前端，決心要扳回局面！

在眾人都沒察覺到的情況下，她偷偷發動神力，減輕自己的體重。這樣跑起來比較不費力，跳起箱來也能事半功倍吧！

她還真是聰明！

老師吹響哨音，奈奈立即出發，身輕如燕的她即使只是照著平常的速度奔跑，腳上也感覺不到什麼重量。

令奈奈挫折不已的跳箱再度躍入眼前，不過這次不同，她做足了完全的準備。

再度起身一跳，然而奈奈沒有如她所願般飛起來，而是身形一頓、腳步一滯。雙腳忽然像有了千斤般的重量，讓她連腳都抬不起來，膝蓋猝不及防地撞上跳箱底部，整個跳箱都翻了過去。

奈奈就這麼與倒塌的跳箱摔落在一起，不只面部，手腳多處都有大小不一的擦傷。

「奈奈，妳沒事吧！」

樂樂是第一個上前關心的人。

出了這麼大的狀況，所有人都嚇了好大一跳，連在體育館另一處活動的其他班，都有人前來看看到底是怎麼回事。

「同學，妳沒事吧？有沒有哪裡受傷？」體育老師放下記分板跑了過來。

奈奈很想說沒事，但全身傳來的痛楚彷彿骨頭都散了架，實在不像沒事的樣子。

而在瞥見曜日的身影出現時，她更是困窘得抬不起頭了。

「沒事，我很好。」最後，奈奈只囁嚅這麼一句。

奈奈看不見其他人的表情，她不知道當中會不會有嘲笑，即使沒有，只是同情也足以讓她感到丟臉至極。

「老師，我帶奈奈去保健室吧！」樂樂主動提議。

體育課還沒結束，跳箱測驗仍要繼續，樂樂帶奈奈去保健室後，圍觀的人群被體育老師趕走了，只餘下少部分人收拾跳箱慘遭撞倒的殘局。

在樂樂的扶持下，奈奈一跛一跛地走出以圍觀人群組成的包圍圈，經過白伶身邊時，她下意識朝對方瞥了一眼。

察覺到奈奈的視線，白伶面無表情的臉上，漸漸彎起一個充滿惡意的弧度，令人毛骨悚然。

保健老師有事外出，下午才會回來，樂樂跟奈奈只好親自動手。

操場上，學生們活動時的喧譁聲，隨著微微徐風，從保健室敞開的窗戶送了進來。

宮奈奈和柳顏樂並肩坐在床上，樂樂還在細心檢視奈奈身上的ＯＫ繃貼牢了沒有，而奈奈本人，則仍在為方才的突發狀況臉色漲紅，久久未散。

「樂樂，可以幫我挖個洞嗎？」沉默許久，奈奈終於出聲。

「挖洞？妳又不是土撥鼠，要挖洞幹嘛？」

「我想過了，從今往後我就當隻土撥鼠，總比當人類好！起碼不用跳跳箱！」

一想到體育課的窘況，奈奈就忍不住低頭掩面。

樂樂輕笑了起來。

「沒那麼嚴重吧，妳只要想沒人看到不就好了？」

奈奈猛然抬首，激動地問：「所以不是每個人都看到了嗎？」

「不，體育館的每個人都看到囉，每一個人。」樂樂刻意強調最後一句。

「……我就知道。」奈奈沮喪地往後仰倒，鬆軟的病床讓她暫時獲得放鬆的空間。

盯著天花板上緩慢轉動的風扇，奈奈躁動不安的情緒稍稍得以平復，終於有時間回想在體育課發生的一切。

那不是偶然。

奈奈清楚記得當時纏繞自己雙腿的異樣感，彷彿有雙冰冷的手突然攀附上來，並將她往下拖，是一種與神力截然不同的靈力。

還有，她和樂樂離開體育館前，白伶的那抹笑容……

雖然沒有明確證據，但整件事已經很明白了，問題的關鍵就在白伶身上。

只有一點奈奈實在想不通，白伶只是凡人，又怎麼會和邪術扯上關係？

除非——

可能性有很多，無論是哪一種，對奈奈而言都不會是什麼好事。

奈奈很生氣，生氣可能還不足以形容她此刻暴怒的情緒。青筋不斷地在太陽穴隱隱跳動，指節也被凹折得發出啪啪聲，怒氣迅速攀升。

她在保健室躺著的那幾節課，曜日居然完全沒來探望，甚至連事後的問候也直接省略掉了。

不過，那些其實都不是最重要的，奈奈之所以會這麼生氣，是因為——

「奈奈，白伶真是個不錯的人。」放學後，兩人一起前往土地廟的路程上，曜日沒來由地冒出一句。

「……是什麼讓你這樣覺得？」不會是美色吧？

「妳待在保健室的那段期間，白伶很擔心妳。」

「可是你沒來探望我。」奈奈冷眼望向曜日。

曜日回視奈奈的目光好一陣不出聲，而後才吞吞吐吐地說：「我又不知道保健室在哪……」

「你不是神嗎！神應該沒有辦不到的事情才對！」

「我應該吐槽妳嗎？神並非萬能，而且在學校必須盡量避免使用神力，以免讓人起疑。」

「你不是已經用神力了嗎，而且還是對全班。」奈奈拍桌而起。

石桌抖了一下。

「這個和那個是兩碼子事。」

「是同一件事！身為神理當什麼都能辦到，你都沒有在白伶身上察覺出什麼嗎？」

「小姐，妳對神有很大的誤解喔，而且我只是小小的土地神好嗎！」曜日無奈地雙手一攤，「先不說我，不在學校這種場所明目張膽地使用神力，不是常識嗎？」

「對、對啊。」想到自己偷用神力的事，奈奈心虛地撇過頭，但嘴上仍不服軟。

而曜日只是雙手懷抱胸前，看也不看奈奈一眼，「某人應該沒有為了讓自己跳過跳箱，就來陰的吧？這可是違規喔！」

「什麼違規！今天明明連跳箱的規則都不知道，還敢說我。」

畢竟奈奈有錯在先，所以她只是嘟囔幾句，又坐了回去。

「兩者不能混為一談！」曜日不甘示弱地回嘴。

「反正最後還不是沒成功。」一想到這，奈奈就更生氣，都是白伶那女人的錯！

她暗戀學長的事明明只有樂樂知道，真不理解白伶為什麼要針對自己。偏偏曜日還在她面前誇獎白伶是不錯的人，這土地神可不可以別再這麼沒腦筋下去啊！

「妳說誰沒腦筋？」曜日突如其來冒出一句。

「唔，我說出來了？」宮奈奈趕緊摀嘴。

「不好意思，妳罵人的時候，可以記得關閉心靈連結嗎？」每次都要提醒一遍這個顯而易見的事實，曜日對此顯得很不耐。

「對不起嘛，下次絕對會改進！」

遠遠地，白狐和黑狐看著土地神和代理土地神在桌邊逗嘴，這上演過無數次的場面，早已屢見不鮮了。

然而，還是有那麼一點點不同。

「總覺得，曜日大人今天看起來很不一樣呢。」黑狐揉了揉眼睛。

「哪邊不一樣？」白狐問。

「嗯……」黑狐偏頭思考了一會，自問道，「不是長相也不是身高，那到底是什麼不同呢？」

「是衣——」白狐的話還來不及說完，就被靈機一動的黑狐打斷了。

「我知道了！」黑狐輕拍手掌，「一定是身材的關係！曜日大人是不是趁我們不注意偷吃了供桌上的好料，所以發福變胖了！」

難怪曜日大人看起來不太一樣！

白狐無言以對，偷吃供品的行為，不是只有黑狐這隻貪吃的小狐狸才做得出來嗎？

不過，以黑狐簡單的腦袋，哪天說出頗富深意的話，才會讓人覺得不可思議。

「啊！曜日大人今天穿的是現代人的衣服耶，和奈奈大人穿的那一件好像喔！」黑狐終於注意到了重點。

不是好像，根本就是同一所學校出產的。

其實，白狐很早就注意到曜日偷跑去奈奈的學校上學，只是睜一隻眼閉一隻眼，任由著他胡來。曜日多少也發現了，索性穿著制服大搖大擺地在廟裡閒晃。

從擔任曜日的使神以來，白狐很久沒有看到曜日如此開心了。

曜日很任性，又懶散，成天只想著玩，身為土地的守護神，他有多少孤單與寂寞，豈是外人能了解的。

神仙的壽命很長，而且對曜日來說，升遷的機會比世界末日更渺茫，他就只能孤身一人伴隨著兩隻小狐狸，在這間小廟裡，無法暢懷地活著。

更何況，上學並非壞事，那間學校有奈奈大人在，相信曜日大人不敢肆意妄為，白狐十分放心。

至於小廟，以目前看來，有他們兩隻狐狸坐鎮也就夠了。

只是曜日私自顯現於凡人面前，還竄改人們的記憶，照理來講，除非是出於極為緊迫重要的狀況，否則不能這樣做；如果是出於私人的理由，不只會觸犯天條，還有可能會被革職。

「這些後果，曜日大人到底有沒有想過啊！」白狐焦慮地喃喃低語。他能做的不多，暫且就只能祈禱這件事不會被天庭發現。

「白狐，你說什麼？」黑狐看向同伴。

「沒什麼。」白狐搖頭嘆氣，轉身跨過門檻，「走吧，進去裡面吧！」

黑狐趕緊跟上，「白狐，你還沒告訴我，曜日大人為何要穿那麼奇怪的衣服？」

「曜日大人是在學習。」

「學習？去什麼地方學習？」

「一個叫做學校的地方。」

「學校？」黑狐眼睛一亮，「學校是個好玩的地方嗎！」

「……學校不是遊玩的地方。」果然主僕的個性在這一點很相似。「會有很多老師督促你學習。」

「老師？」黑狐默默咀嚼這兩個字，而後搖搖頭，不懂。

「老師就是夫子。」白狐極有耐心地解釋。

說到夫子，黑狐就聽懂了。從以前開始，他就覺得白狐老成的說話方式和嚴厲的性格實在像極了夫子。

如果學校是到處都充滿著老師的地方……

一想到那裡有好幾個白狐走來走去，黑狐的小心臟就狂跳不止，莫名地恐懼。

白狐還是只有一個好。

「嗯，學校不是玩的地方，一定要認真學習才行！」握緊小小的拳頭，最後黑狐下了這樣的結論。

「嗯？」白狐不知道他想到哪去了，只是一臉疑惑地看著黑狐。

兩狐的聲音隨著深入的腳步逐漸遠去，直至餘音消散在空氣中。

另一方面——

曜日沒說的事情有很多，包括在奈奈準備跳箱之前，他清楚感受到一股來自某處的力量。

而力量的源頭，正是班上某一個女生。

「怎麼？其實你也感覺到什麼了吧？」奈奈從曜日沉思的臉龐瞧出端倪。

「是有一點。」曜日毫不諱言，坦承道：「不過，還不能貿然斷定是白伶所為。」

「絕對就是白伶所為！」奈奈堅持己見。

「為什麼？」曜日不能理解她為何處處針對白伶。

「因為……」奈奈猶豫了起來。

對啊，是為什麼呢？只因為那抹古怪的笑，就肯定對方是凶手嗎？就因為她搶走了學長，得到了學長的愛，所以自己對白伶存有偏見嗎？

「就算白伶不是凶手，她也是最有可能的嫌疑犯。」理好這幾日以來紊亂的思緒，奈奈終於說。

「凡間的警察不是最講究證據的嗎，只要逮到她施法的痕跡，相信她百口莫辯，就會主動招供。」

「的確不失為一個好辦法，但具體而言要怎麼做？」奈奈希望曜日別再賣關子。

「自己想！在學校我不方便使用神力，白伶又是女生，這事由妳去調查比較合適，我就不出面了。」曜日將話挑明了講。

「欸？我以為你是來幫我的！」扁了扁嘴，奈奈的臉瞬間垮下。

「我說過了，我是來體驗凡人的生活，並傾聽信眾的聲音。身為這塊土地的守護神，這是我唯一的責任！」曜日大義凜然地說道。

奈奈很不以為然，「喔？這種鬼話騙騙三歲小孩還可以，你以為我會相信嗎！」

什麼土地神的責任，根本只是想推卸責任、逃避現實！

說起來，奈奈已經很久沒見到言夜了，人家才是真正優秀的土地神。

擇日不如撞日，不如就挑這個週末去探望他老人家，順便討教討教這次的事件該如何處理，沒準人家很快就告訴她了。

「不准去！」曜日果然聽見了奈奈的心聲。

「為什麼不准去？人家言夜是位可靠的土地神，你不歡迎，對方可是超歡迎我的。」

「反正就是不准妳一個人去！」曜日堅決表示沒得商量。

「好啊！」

預期奈奈會討價還價的曜日愣了一下，以為自己聽錯了。

「妳說『好』？」曜日懷疑自己的耳朵有沒有出問題。

「反正我本來就不打算一個人去。」奈奈聳肩。

曜日忽然湧現一種不好的預感。

「我們一起去吧！」奈奈一手搭上曜日的肩，臉上現出一個大大的微笑。

「……怎麼去？」自知逃不過劫數的曜日，突然有點欲哭無淚。

「坐大眾運輸工具！」奈奈很快地答道，即便答案不是曜日想聽到的。

曜日現在就能想見，當天的會面會是多麼慘烈的局面啊！不，現在只是憑藉著想像，一股嘔吐感就湧了上來，頭開始昏沉沉，四肢無力，這就是所謂的交通工具恐懼症嗎！

奈奈今天一如既往地走在通往學校的街道上。

她跟曜日說好了，為了避免兩人的關係招人懷疑，他們不只上學路線不同，到校的時間錯開，在學校也要裝不熟。有事想講的話，除了基本的傳紙條外，他們還有心靈連結這個選項。

快到校門口，奈奈忽然想起似乎許久沒見到那傢伙了。

「該不會真被警察抓走了吧？」她口中的「那傢伙」，指的正是玄音。

雖然有些想念對方，不過她今天有更重要的任務。

走進教室，坐下沒多久，奈奈發現白伶不在她的位置上，只有書包還在。她去哪裡了？到福利社買早餐？

曜日也還沒來，大概是打算在點名前一刻大搖大擺地走進來，接受眾人列隊式的歡迎。

她不知道班上同學的記憶被竄改成什麼模樣，但顯然曜日把自己塑造成風雲人物。

這個膚淺的土地神！

不過，今早的氣氛有些怪異，班上的女生各自圍起小圈圈，與同伴們像麻雀般嘰嘰喳喳。其中幾個女生特別激動，說起話來兩頰泛紅，還搭配著豐富的肢體語言，周遭都能隱約看見粉色泡泡。

「今天有偶像明星要來？」奈奈第一個想到的就是這個答案，不然誰會有這麼大的魅力，讓一群少女為之騷動？

「是歷史老師喔！」

奈奈轉過身，就見樂樂努力地以不同顏色的原子筆，在歷史課本上畫出無數個愛心，表達對歷史老師無限的愛意。

竟然連樂樂也淪陷了！

那個從不輕易接受別人表白的高嶺之花樂樂？

男生們雖然表現得沒有女生瘋狂，但也都一臉好奇的樣子。

每個人都在期待等一下的歷史課。

然而，歷史老師奈奈又不是沒見過，就只是個平凡無奇的老頭子啊！

上課鐘聲響起，原本笑鬧的同學瞬間回到座位上，挺直身子坐好，認真的模樣讓奈奈怪不習慣的。

就在這時，教室的門打開了，全班引頸期盼的人物踏進教室。

奈奈的目光跟隨著走進來的人移動，直到對方在講臺站定，奈奈的嘴巴微微張了張。

站在臺上的老師看起來很陌生，不是以往的老師，但那張臉奈奈不可能會忘記——他就是奈奈被鎖在器材室那天，遇到的那位帥哥代課老師！

沒想到會上到他們班的課！

歷史老師開口了，全班屏息。

「大家好，我是新來的代課老師，由於之前的古老師不慎閃到腰，目前正在住院治療，要休養一段期間，最近都會由我代課，請多多指教。」

奈奈不用轉頭，就知道許多女學生的眼睛變成了心形，痴痴凝望著新來的代課老師。有這麼養眼的老師，誰還捨得睡覺。

代課老師面無表情地轉身，拿起粉筆，俐落地在黑板上寫下自己的名字——墨遙。

不愧是歷史老師，連名字都這麼有復古味。

到底是人如其名還是名如其人呢？看著墨遙的側臉，奈奈又忍不住胡思亂想起來。

「沒問題的話，接下來——」墨遙邊說邊打開課本，準備開始講課。

「老師，我有問題！」

「我也是我也是！」

臺下響起此起彼落的詢問聲，打斷了他的話語。

墨遙逐一審視那些好奇的臉龐，揚聲道：「按照規矩舉手發問。」

語畢，大家都乖乖舉起手來。

墨遙看了一眼前排的某位女生，點點頭。

女生得到同意後，迫不及待地開口，「老師你幾歲？現在有沒有女朋友！」

「二十五歲。」第二個問題讓墨遙偏頭思考了一會，「所謂的『女朋友』是指關係良好的友人，還是未來要當妻子的女人？」

被墨遙這麼反問，那位女生臉頰微紅，「老師都有嗎？」

就是老婆和紅粉知己的差別啊，看墨遙的樣子應該是兩種都有人搶著當！宮奈奈再次感嘆人帥真好。

話說回來，曜日怎麼還沒到？都已經開始上課了，他該不會想蹺掉整個上午吧？

「無論是哪種都沒有，而且我也不需要。」墨遙簡潔明瞭地回答。

下一個發問的機會來了，女生們趕緊舉手扔出一堆問題，簡直沒有停頓的時間。

「老師喜歡什麼樣的女生？」

「不多話的。」最好都不講話。

「喜歡長髮還是短髮？」

「中長髮。」

「年紀大的女生還是年紀小的比較吸引老師？」

「年齡不是問題。」

「會自己下廚嗎？」

「偶爾。」

「老師是狗派還是貓派？」

「貓。」

「肉跟蔬菜喜歡哪一種？」

「蔬菜。」

歷史課變成了提問大會，而且問題還越走越偏，讓奈奈實在無從吐槽起。

「老師是攻還是受？」

不答。

「世界上只剩兩種人，一種是年上攻一種是年下受，老師會選擇誰？」

跳過。

不知道是不是錯覺，墨遙那張始終面無表情的俊臉，終於開始出現些微的變化。

他剛才是不是抽了嘴角？

就在奈奈想看得更加仔細時，教室後門被打開了，涼風從門外輕輕送進室內，全班反射性地往後一看。

曜日背著沒裝多少東西的書包，大搖大擺地走進教室，完全不覺事態有異。

直到他的目光掃過講臺。

曜日腳步一頓，僵硬地轉動脖子，與墨遙四目對望，空氣中彷彿激起火花，隱隱有電流在流動。

兩個美男子的世紀對決！至少在某些女生眼中，現在就是這樣一幅養眼的畫面。

「曜日同學，是嗎？」最後，是由墨遙出聲打破僵局。

曜日沒回話——這樣說可能並不正確，應該說曜日想說些什麼，但又打消念頭，把話吞了回去。

「你遲到了。」墨遙的語氣沒有指責的意味，只是單純地陳述事實。

曜日撇撇嘴角，沒有反駁。

「既然遲到了，沒有處罰說不過去。」墨遙一手指著門外，「到外面罰站。」

結果曜日只是囁嚅了幾句，扭頭就往外走去，讓奈奈看傻了眼。

曜日什麼時候變成了溫順的小貓咪，被懲罰也不還嘴？太不像他了吧！

墨遙開始正式上課，其間丟出來的私人問題他一概不答，只顧著認真講解課本上的內容。

不過由於他講解得淺顯易懂又生動有趣，大家很快就進入狀況，女學生也暫時把「新老師好帥」等評論外表的膚淺想法拋開，只專注在課堂上。

一堂課過去，鐘聲響起。這是第一節課，後面還有第二節歷史課，墨遙沒有離開教室，只是待在講臺邊整理資料。班上的女生當然不會放過這個好機會，立即圍了上去。

「曜日，你還好嗎？咦，人呢？」拉開教室的門，奈奈探頭出去，走廊上卻沒有曜日的身影。

曜日不在走廊，當然也沒在罰站。

按捺住出去找人的心情，奈奈偏頭思考了一會，反正曜日也不能真的算是學生，就由他去吧。

反正曜日大概是回土地廟去了，不然她也想不到曜日還有什麼地方能去。

現在最重要的，還是調查白伶！

最近白伶一到下課時間就不見蹤影，問了幾個同學，都沒人知道她去了哪裡。

奈奈想過她是不是去找學長，但安鳳夜學長所在的教室遠在另一棟大樓，短短十分鐘下課時間根本不夠來回，即使大老遠跑去也只能匆匆聊上幾句，不然會趕不上下一節課。

何況他們這對情侶每次放閃都很高調，如果白伶真的是去找學長，一定會有人看見。

另一個奇怪的地方是，白伶下課準時消失，一到上課又馬上出現在位子上，不見一絲氣息凌亂的感覺，像是哪都沒去。

於是乎，奈奈暗自下了決定，放學後要偷偷跟蹤白伶，看看她在搞什麼花樣。然而計劃永遠趕不上變化，兩節歷史課結束之後，墨遙把奈奈叫到了辦公室。其他女生聽了又羨又妒，不敢相信宮奈奈這麼幸運，能被墨遙老師寵幸。奈奈忽然變成了眾矢之的，也只能苦笑著逃離教室。

「老師，有什麼事嗎？」奈奈弱弱地開口。不會是想起那天的事，打算質問她為何放學後會被反鎖在體育器材室吧？

她不是有意的啊！誰知那天門就自己反鎖了，不然她絕對可以全身而退，也不用等人來救她……

等等。思及此，奈奈終於意識到一個重要的關鍵。

沒記錯的話，器材室的門只能從外面上鎖，不可能自己鎖起來——也就是說，一定是有人蓄意將她鎖在裡面！

瞬間想通的奈奈，眼睛登時張得大大的，興奮、緊張、疑惑的情緒全摻雜在一起，讓她的身體忍不住顫抖。

「妳很怕我？」墨遙老師挑眉。

「沒有，老師你多心了！我只是有點冷而已。」為了證明所言不假，奈奈還刻意打了幾下哆嗦，只是演技很假，比較像肚子痛。

其實奈奈的確對老師有點畏懼，她被叫到辦公室的次數屈指可數，被才見過幾次面的帥哥老師叫進辦公室更是頭一遭。

「妳叫宮奈奈是吧。」墨遙看著繡在奈奈制服上的名字。

奈奈下意識地搖頭，而後才發現老師是在詢問自己的名字，趕緊又點點頭，滿臉擔憂地脫口道：「老師我做錯了什麼嗎，關於上次那件事——」

墨遙冷靜淡然的嗓音截斷了她剩下的話語，「從現在開始，妳就是歷史小老師了。」

「咦、咦咦咦咦！」

沒想到墨遙找她是為了這件事，奈奈忍不住驚呼。

「妳很訝異嗎？」

「老師為什麼不指派其他人呢？」明明班上有比她更勝任的人選啊。

「妳覺得……」墨遙冷冷瞄了她一眼，「那些人當中，有合適的人選？」

「這個……」

仔細想想，依照班上女孩子花痴的程度，以及男生們仇視比自己好看同性的程度，他們班，似乎也只有她能擔此重任。

不過這些都不是重點。

她目前已經分身乏術，剩餘不多的空閒時間需要好好休息，整理連日以來的紛亂思緒。

她現在最不需要的，就是再添加一個新的身分。

「老師，我覺得我不並不適任，相信其他人能做得比我更好。」

「我相信妳會做得比他們好。」墨遙不知道哪來的自信，如此說道。

——連我都不相信我自己了，老師您是憑哪一點這麼肯定我啊啊！

「那、那個……」奈奈絞盡腦汁，還在想理由拒絕。

「妳這麼沒自信？」

「老師，這不是自信的問題，我我……」根本沒空啊！

「妳那邊的工作做得不錯，沒道理我交付給妳的工作會做不來吧？」看著奈奈不知所措的模樣，墨遙一勾嘴角，輕輕地笑了。「妳應該對自己有自信一點。」

笑、笑了？那個無論是天要塌了地要陷了想必都能泰然自若的墨遙老師，剛才是在對著她笑嗎？

奈奈一手撫著胸口，不停告訴自己千萬要冷靜下來。

「妳怎麼了?身體不舒服嗎?」

「沒什麼，只是剛才那一瞬間，我看到了不得了的畫面。」只能用驚為天人來形容!

「嗯?」

「至於歷史小老師，我覺得還是——」奈奈躊躇著，不知該如何才能讓老師回心轉意。

「我心意已決，妳不用再說了，回去教室記得告訴同學們下週要小考。」墨遙又扳起臉，彷彿方才的笑容只是錯覺。

見事情沒有轉圜的餘地，宮奈奈努努嘴，只得認命接受這項事實。

正準備離開，墨遙卻開口叫住她。

「宮同學，等等。」

奈奈心喜地回過頭，以為老師改變主意了。

「既然妳現在是我的小老師，我請妳跑個腿應該不為過吧?」

就見墨遙一手擱在鍵盤上，身子帥氣地靠著椅背，銳利的眼神注視著奈奈。

被那樣的眼神盯著，奈奈心裡的小鹿激動得差點衝出圍籬。

「老師我要做什麼呢？」

「我有個東西。」墨遙緩慢說著，音量不大，卻又能準確地傳至奈奈耳裡。

「東西？」

「我不小心遺失了一件東西。」墨遙繼續說，「我想大概遺落在四樓的廁所附近，可以麻煩妳幫我找找嗎？」

「什麼東西？」

「妳去了就知道，拜託了。」

在奈奈回答之前，墨遙就轉過身，繼續處理自己的工作。任誰看了都知道他是在裝忙，為的是讓奈奈沒有機會拒絕。

奈奈沒有打擾墨遙，像隻貓咪般靜悄悄地溜出辦公室。

走回班級的途中，她猛然想起墨遙老師剛剛說的一句話。

——妳那邊的工作做得不錯，沒道理我交付給妳的工作會做不來吧？

當時奈奈被另一件事分了神，所以才沒在第一時間察覺到。

墨遙說「那邊的工作」，指的究竟是什麼？不可能是打工吧，奈奈根本沒有打過工。

難道老師把她誤認成別人了？還是……

奈奈百思不得其解。

午休時，白伶果然又不在座位上了，宮奈奈找了個正當理由，從教室溜到走廊上。

不過，比起白伶，她現在有個更重要的任務必須執行。

午休時間，整個校園靜悄悄的，以往的喧鬧聲在此時都悄無蹤跡——前提是不把那些在陰暗處四處飄盪的半透明人影算進去。

看著它們，一陣寒意自奈奈的背脊深處爬了上來，她不禁打了個寒顫。

沒想到過了那麼久，身體和心靈層面還是適應不了。

沒辦法，擁有神力也是不久前的事，而且她的膽子本來就不大嘛！

換作以前，奈奈才不相信這些怪力亂神的東西，現在卻不得不正視。

啊，真討厭！再怎麼樣說她也只個代理人，正職的土地神到底跑哪去了！這裡不是你的管區嗎！

奈奈一想到就生氣，步伐也不禁加快，很快就來到四樓。

還沒走到廁所附近，遠遠地，她就看到一個波浪長髮的人影從眼前一閃而過，快速地走進廁所裡。

「白伶？她來這裡幹嘛？」

四樓都是專科教室，除非有班級借用這邊的教室，不然鮮少有人在此走動，更不會特地上來使用四樓的廁所。

再加上，四樓廁所是校園七大不可思議傳說發生的地點之一，有了怪談加持，一般人都不敢輕易前往。

傳說的詳情奈奈並不清楚，也不在意，她只想知道白伶來這裡幹嘛？

反正一定不是什麼好事。

會不會一走進去就發現白伶正在使用某種巫術呢？奈奈無聊地亂想一通。

一路疾走至廁所外頭，奈奈小心翼翼地找了個隱蔽的地點躲起來，避免白伶出來時和她撞個正著。

廁所安靜得出奇，什麼聲音都沒有，既沒有馬桶沖水的嘩啦啦聲，也沒有腳步踩在瓷磚上的聲音。

若不是親眼見到白伶走進去，奈奈只會當這是一處無人使用的廁所。

此刻，透出一股詭譎的氣氛。

「不會真的有鬼吧？」奈奈喃喃說了一句。

她躡手躡腳來到廁所邊，將耳朵貼在濕滑的牆上，也不嫌噁心，專注地聽著裡面的動靜。

幾分鐘過去了，仍然什麼聲音都沒有。

想衝進去又怕撞見白伶，就在她猶豫不決的時候，十分鐘無情地溜過，午休結束的鐘聲響起，學生們打鬧的聲音一下子湧入了走廊。

宮奈奈嚇了一大跳，她太過專注在白伶身上，根本沒注意到已經過了這麼久！曜日不在身邊，只能靠自己了，不能退縮！

在鐘聲的催促下，奈奈當機立斷衝進廁所內。

然而映入眼簾的景象和想像中全然不同，她只看到一面潔白的牆壁，隔間的門輕輕掩著，全都沒有上鎖。

廁所裡空無一人。

廁所就這麼一丁點大空間，也只有一個出入口，想在不被發現的狀態下離開根本不可能！

但白伶一個活生生的人，確實憑空消失了。

難道說——

宮奈奈急急忙忙跑回教室一看，白伶好端端地坐在位置上。她隨便抓了一個經過的同學詢問，對方說白伶一直待在教室，哪都沒去。

可是，她明明就看到白伶在午休時離開了！

如果白伶根本沒有出教室，那她在四樓廁所看到的又是誰？

這時，奈奈後知後覺地想起一件事。

她會到四樓廁所，是為了尋找墨遙的失物，但仔細一想，墨遙是新來的歷史代課老師，沒道理會到都是專科教室的樓層。

墨遙提出這個幫忙尋找失物的要求，感覺……就像是刻意要把她引上四樓。

腦中浮現的想法讓奈奈愣了一下，隨後又笑了起來，只是笑聲漸漸轉小，最後連餘音都聽不見了。

有可能嗎？不不不可能吧！墨遙只是新來的代課老師又不是神，哪裡會知道她心底在想些什麼，又是如何得知最近學園裡發生的怪事？

那麼，就只剩下最後一個可能！

墨遙不只全盤知悉，而且還參與其中，因為他就是一連串怪事的罪魁禍首！而且白伶也是差不多在他來學校後變得怪裡怪氣的！

如此一來，所有的事情都連成了線。

「曜日，我跟你說——」

事情有了重大突破，宮奈奈迫不及待地想跟曜日分享她的新發現，幾乎是放學鐘聲響起，就背起書包一路狂奔到土地廟。

下午五點，通常沒什麼信眾前來拈香。這處人煙稀少的小廟除了每月初二、十六，以及土地公公的誕辰，會迎來許久未見的人潮外，其他時候都門可羅雀。搞不好連麻雀也懶得經過此處。

曜日無所事事地支著下巴，背對奈奈，不知道在想什麼。

奈奈起了惡作劇的心思，特意放緩步伐，悄然溜到曜日身後，結果曜日忽然站了起來，嚇了她一跳。

呃不對吧，這情景似乎之前也曾上演過一遍？

「奈奈，我思考了很久。」曜日沒頭沒腦地冒出一句。

「你早就知道我來了？」奈奈將書包一放，坐到曜日對面。

曜日挑眉，「當然，妳腳步聲那麼大，音量也不小，我又不是聾子。」

「……你剛剛說你思考了很久，是怎麼回事？」奈奈決定大人不記小人過，迅速轉移話題，不讓曜日有機會笑她。

「喔，那個啊。」曜日一臉無所謂地坐回椅子上，打了個呵欠，接著說：「我決定明天不去上學了。」

咦咦咦咦咦──

「可是班上同學……」

曜日不在意地擺擺手，「我會修正他們的記憶，不用擔心。妳應該有發現，只要我不去學校，他們對我的印象就會變得薄弱。」

經他這麼一說，奈奈發現好像真的是這樣！

「啊！難怪平常很少人會談到你！」

「只有在看見我的臉時，他們才會想起我是誰，只要我不去學校幾天，他們很快就會想不起我了，即使偶然遇見，也只會當我是個陌生人吧。」

曜日說得雲淡風輕，但就是這種不負責任的態度，讓奈奈無法忍受。

「不行！當初要去學校的是你，如今臨時反悔的也是你！這次，我不會再讓你任意妄為下去了！」

曜日不明白奈奈為什麼反應那麼大，他還以為她會第一個高舉雙手贊成呢。

「妳不是一直都很反對的嗎，怎麼又忽然改變主意了？」其中必定有鬼！

「因為──」奈奈心虛地撇過眼，打死她都不會說是希望曜日留在學校助她一臂之力，一起對付墨遙。

「對了。」曜日想起了什麼，「妳一進來就大聲嚷嚷的，難道學校又出了什麼狀況不成？」

對，她就是要來說這個的！

「你還記得，今天我們班歷史課那位新來的代課老師嗎？」

不等曜日回答，奈奈就將她今天的所有發現以及碰到的謎團，一五一十地告訴曜日。

她說得起勁，完全沒察覺到對面的土地神幾乎是一聽到墨遙的名字就身子一僵，表情怪異。

「奈奈大人，請用。」不知何時現身的白狐，在奈奈終於說到一個段落時，貼心地奉上茶水。

「白狐，謝謝！」正好口乾舌燥的奈奈，感激涕零地望了白狐一眼，接過茶水就大口地仰頭灌下。

「聽起來，那位墨遙夫子真的很可疑呢。」一旁的黑狐插話道。

方才奈奈所說的，不只曜日，白黑狐都聽見了。

「對吧，我也這麼認為，這絕對不只是巧合！」聽到有人附和自己，奈奈跟著說道。

「呃，奈奈。」曜日的表情看起來不甚贊同，「妳放心吧，墨什麼的傢伙不是壞人啦。」

「你怎麼知道？曜日，你是不是知道我不知道的隱情？」上半身前傾，奈奈緊盯著曜日。

「這個嘛……」曜日一臉欲言又止的模樣。

「你不會認識他吧？」

曜日從鼻子哼出一口氣，表示不屑，「誰、誰認識那傢伙啊！」

「那傢伙？」奈奈精明地瞇起眼睛，「還說你不認識他！啊，難道他就是你不願意上學的原因？」

曜日在見到墨遙時不只神情，整個人的感覺都不一樣了，如果說言夜對於曜日是死對頭般的存在，那麼墨遙之於曜日就像是……

天敵，一物剋一物。

曜日的表情讓奈奈知道自己猜對了。

「你果然認識墨遙對不對！」見曜日不回答，奈奈轉而詢問兩狐，「你們有聽過墨遙這號人物嗎？」

「沒聽過。」白狐和黑狐一致搖頭。

既然連白狐他們都不知道，那是不是可以排除對方也是神仙的可能性？

曜日只想快快結束這個話題，「總而言之，墨遙不是妳想像的那種人。我不知道他出現在學校的目的是什麼，也不想知道，但總歸一句，他不是壞人，也和白伶的事沒關係。」

「你很討厭他？」奈奈小心翼翼地詢問。

「要妳管！」曜日重重哼了一聲。

這句話到底是喜歡還是討厭啊？不過與其說是討厭，曜日看起來更像是懼怕對方。既然墨遙是曜日熟識的人，應該就不是壞人，但如此一來，事情不就又回到原點了嗎！

白伶為什麼出現在四樓，又為什麼能從她的眼皮底下溜回教室？

而墨遙老師的真實身分是什麼？

這兩件事乍看之下八竿子打不著，但奈奈深信，搞懂其中一件事的始末，另一邊也會真相大白！

「所以，你真的不來學校了？就因為墨遙？」

「一次四目相望就夠可怕了好不好！」洞悉奈奈內心想法的曜日，不滿地囁嚅。

「墨遙老師雖然常常板著張臉，但人長得帥，大家都很喜歡他，感覺上是個溫柔的人。」奈奈沒有發花痴，只是單純陳述一件事實。

「呃，很帥？很溫柔？」曜日微翻白眼，一臉快吐的表情。「我不知道凡人的審美觀如何，但那傢伙對於我的吸引力等於零好嗎。」

「因為同性？」同性相斥、異性相吸，看看曜日跟言夜，不就是最好的例子嘛！

「就算我是女的，也不覺得那傢伙有哪一點帥！」曜日肯定地說。

「不管啦，你沒聽過活到老學到老嗎，孔子看到你這樣也會哭泣的！」

「孔子？他老人家才沒時間管我咧！」

「為什麼你說得好像認識孔子他老人家一樣！」奈奈本想當作笑話帶過，但一接觸到曜日的視線，反倒自己先沉默了。

真假！孔老夫子提倡有教無類沒錯，但這也太廣了吧！現在事業版圖已經拓展到天庭，開班授課去了嗎！

奈奈太過吃驚，微微張著嘴，好半晌都沒出聲。

「反正只要有墨遙在，我就不去學校，就是這樣！」曜日堅定地說道，雙手抱在胸前。

真麻煩吶，這個土地神！

「如果你乖乖去學校，我就買很多桂花糕給你吃好不好。」搭配著豐富的肢體語言，奈奈用哄孩子的柔軟語氣說道。

「很多……」曜日猶豫地皺起眉頭，意志不若幾分鐘前那般堅定。

「而且我沒記錯的話，學校的園遊會就在下個月喔！」

「園遊會？」曜日的眼睛一亮，動搖得更厲害了。

「是啊，難道你不想參與看看嗎？」奈奈繼續遊說，「雖然準備過程很辛苦，但看到成果還有客人歡喜的表情，就會覺得一切都很值得。」

別看奈奈說的一副大有心得的樣子，實際上在高一那年，她也只負責清掃活動後的垃圾跟整理剩餘的雜物罷了，根本不算真正參與到。

曜日咬緊下唇，內心天人交戰。

「……那好吧，我明白了。」他點點頭，起身走回廟裡的小房間發愁去了。

「這樣算是答應嗎？還是不答應？」奈奈轉頭看向白狐黑狐。

「曜日大人絕對會準時出現在教室裡的。」望著曜日離去的背影，白狐篤定地說。

「你怎麼能肯定？」

「我會幫奈奈大人好好監督曜日大人，請您放心。」

白狐拱手，跟在曜日後頭走了進去。

有了白狐這句保證，奈奈倒是立即安心不少，因為比起曜日，白狐才更像是土地廟的主人。

「黑狐也會加油！」大聲宣告後，黑狐蹦蹦跳跳地追隨著白狐的腳步，獨留奈奈一人留在石桌旁發愣。

該怎麼說呢，她從來沒有懷疑過白狐的能力，同時心裡又有點同情曜日，未來的每一天可能都會被白狐監視著，希望他不要怪她才好。

第四則

土地神可以視為一種都市傳說嗎？

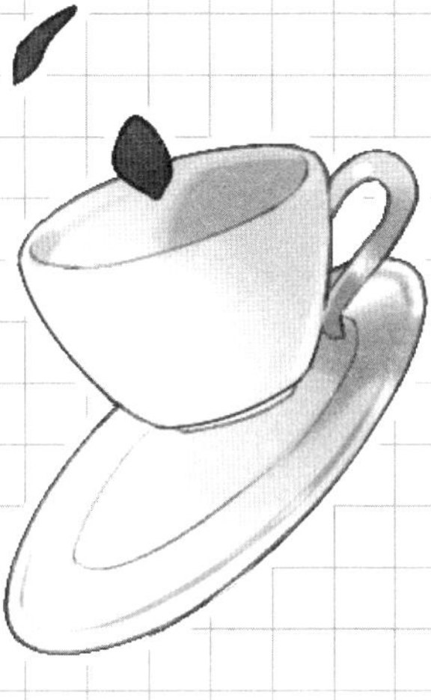

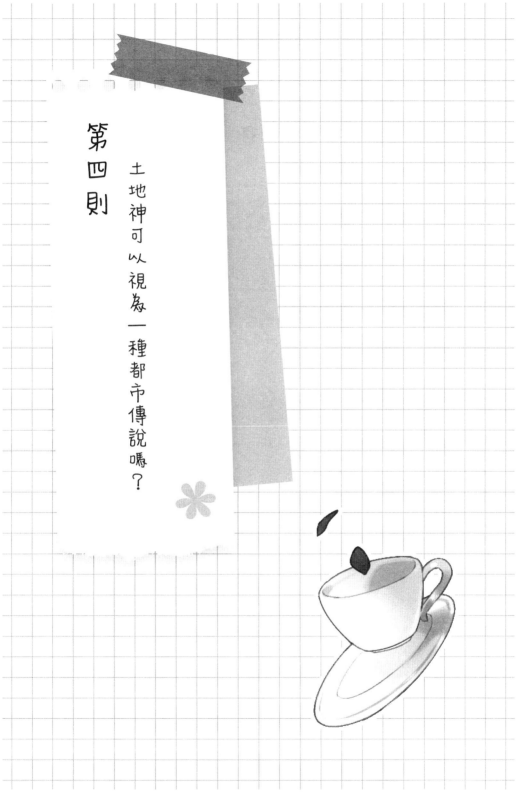

週末，太陽公公很賞臉，以強勁的威力驅散了厚重的雲層，清澈碧藍的天空一覽無遺，曜日被奈奈脅迫加上少許利誘，半推半就地上了公車。

公車上的乘客不多，奈奈隨意挑了空位坐下，幾乎是公車一發動，曜日就臉色鐵青地倒在奈奈身旁的坐位上，表情痛苦地閉目養神。

其他人看不見曜日，奈奈雖然對公車司機感到抱歉，還是只付了一人的車錢。

很多縣市都有推動老人搭公車免費的服務，奈奈考慮要不要讓曜日坐博愛座，不過現在她旁邊的老人明顯已經不省人事，暫且就放過他一馬。

為了避免上來的乘客無意中坐到曜日，奈奈貼心地坐在靠走道的位置上，讓曜日靠在敞開的窗戶旁，也比較不那麼難受。

不僅不會使用高科技產品，對交通工具也沒轍，土地神不是應該要隨著時代潮流進步嗎？

他們這趟遠行的目的地是——西區。言夜的土地廟。

奈奈很懂禮數，帶了伴手禮過去，還是應該說供品才對？

就在她思考究竟哪種稱呼更為貼切時，目的地已經在相隔不遠的距離朝著他們揮手了。

「到了，快點下車啦！不然我要丟下你了喔。」

奈奈以不引人注意的音量小聲朝旁說了一句，提著伴手禮下車。

「曜日，走吧！」

她根本不需要回頭，就知道有一抹影子比她先一步衝下車，跑到附近的草叢大吐特吐去了。

「這個時候妳不應該先關心我嗎……嗚。」話只說到一半，曜日趕緊摀住嘴巴，但最後實在是克制不住，又蹲低身子。

言夜的廟離站牌只需幾分鐘路程，奈奈索性就先到廟前等曜日跟上，再一起進去。

不久，曜日搖搖晃晃地走了過來，臉色略顯蒼白。

「沒事吧？」

奈奈擔憂地看向曜日，只是對方看著言夜的土地廟看得出神，都快忘了暈車這回事。

「言夜的土地廟，規模是不是比我們上次來時大了一點？」久久，曜日才自口中迸出一句。

「怎麼可能……咦？」

轉過頭，奈奈也被眼前的景象震懾住了。

大致上來說格局沒什麼變化，只是多加蓋了幾座涼亭、魚池，建築全部翻新，廟前的梁柱還有幾條龍攀爬在圓柱上，整個氣勢磅礡、非同凡響。

明眼人都能看出來，這絕對、肯定是用錢堆砌出來的傑作。

好吧，這可能要探討言夜倒底是拿了人家多少香油錢，才能把廟宇變成像皇宮一樣。

經過正殿時，奈奈看到香油箱幾乎呈現爆滿的狀態，一個不夠，還有兩個類似的箱子，也都是滿滿一箱，裡面還是以紙鈔為主，偶有零錢的影子點綴其中，可見信眾們出手很闊綽。

「那個傢伙果然還是最最最討厭了！」

不知是出於成見，還是單純的嫉妒，曜日喃喃低語，快步經過正在誠心參拜的人群，往別院走去。

奈奈跟著進入別院，為了避免閒人誤闖，這裡早就先施了法術。還沒見倒言夜本人，就先看到連笙乖巧地掃著落葉。

連笙見到他們，回頭喊了聲：「雙笙。」

語聲未落，雙笙就踩著穩健的步伐從屋裡走了出來，並請他們入內等候。

「這、這實在太不好意思了！」

接過奈奈帶來的伴手禮，雙笙的表情只能用誠惶誠恐四個字形容，好似剛才奈奈送他的不是普通的蛋糕，而是一顆隨時都會引爆的炸彈。

「沒什麼啦。」奈奈擺擺手，「我來請言夜幫忙，這是應該的，況且他之前也照顧我不少。」

「原來如此。不過您還是太客氣了！」

「不不，這是一點點小心意罷了。」

看著兩人客套個沒完，曜日挑高了眉，自行繞過奈奈，大搖大擺地走進屋內坐下。

「言夜呢？」

「言夜大人目前在正殿處理例行公務。」連笙恭敬地回答。

所謂的公務，除了傾聽信眾的祈願，偶爾也要處理雞毛蒜皮的小事。保佑居住於這片土地的百姓們安居樂業，正是土地神的工作。

總之，這也是曜日想像不到的事。畢竟他清閒慣了，根本不知道什麼叫加班。

「很好，既然那傢伙在忙，我們就不叨擾，先走一步了，替我們向言夜問好！」曜日不顧奈奈的反對，說著就要拉她出門。

只是門還沒出，背後就冷不防地響起了某人的嗓音。

「即使在忙，出來見見有事相求的客人也不是辦不到喔。」

長袍拖地的沙沙聲響起，隨後言夜就從通往房間深處的簾子後方出現。

他輕輕撥開珠簾，成百上千的珠子竟能不發出任何一點聲響，安靜地回到原位。

信步來到曜日和奈奈面前，今天的言夜很不一樣，可能是換上工作時穿的服飾，而非上次見到的文人樣，給人的感覺更像是神仙了。

雙笙和連笙恭敬地拱手作揖，安靜地候在一旁。

言夜一如既往，臉上始終帶笑，只是眼底下的陰影掩蓋了平日的光采，就連方才漫步走來時，看起來也恍恍惚惚的。

「言夜，你的臉色不太好啊……」黑眼圈超深的！

「我的臉色怎麼了？」言夜摸了摸自己的臉，沒感覺到什麼異樣。「連笙，鏡子。」

連笙應了一聲，不知從哪拿出鏡子，遞到言夜掌中。

言夜審視鏡中的自己良久，而後微微地嘆了口氣，像是要吐出多日以來的疲憊。

「最近廟裡的事務過於繁忙，沒能好好睡上一覺，雙眼都浮腫了。讓奈奈姑娘看了笑話，真是對不住。」

言夜揉揉眼皮，在奈奈和曜日的對面坐下。

「笨蛋，她說的是你的黑眼圈啦！」一手撐著下巴，曜日撇過頭，只肯分點餘光給言夜。

「黑眼圈？」言夜再次端詳鏡中倒映出來的面容，眼下確實有一圈青黑色的痕跡，但離真正的「黑」眼圈顯然還有一大段距離。

「黑眼圈大多是由睡眠不足或熬夜引起的。」

奈奈誤以為言夜不懂黑眼圈的涵意，特地解釋道。

言夜擺擺手，表示：「我知道黑眼圈是什麼，但我不認為這有到達黑眼圈的標準。再者，如果這是香火鼎盛要付出的代價，那我也甘之如飴。」

曜日抖了一下，明白對方是在暗示兩方的差距，但仍然沒說話。

他不是在忍氣吞聲，只是跟這傢伙從來都沒什麼話好說，所以不如不說！

「是、是嗎。」

奈奈明白言夜在暗諷曜日，只能苦笑以對。

這兩人的相處模式始終這麼彆扭。他們的性格如此相像，或許能成為最好的朋友也不一定，可惜了。奈奈暗自惋惜。

「不過，這的確有點麻煩。」言夜突然正色說道。

「嗯？」奈奈愣了一下，明明自己什麼都還沒說出口啊，莫非土地神都有讀心術？那她以後也會有嗎？如此一來，考試的時候不就可以……

不、不對！這是作弊！她不可能這樣做！不過即使不用在考試，平常也是很好用的，例如：偷聽誰講她壞話。

結果言夜接續下去的話跟奈奈所想的，根本就風馬牛不相及。

「土地神的門面不能不顧，有什麼辦法可以處理嗎？」

「啥？」奈奈反應不過來。

「我是說黑眼圈。」

「……」搞了半天才明白言夜的意思，奈奈頓時哭笑不得。她就是為了尋求言夜的意見才來到這裡，怎麼反倒要她提出意見啊？

「你可以考慮把整張臉蒙起來，戴上面具也不錯！免得禍害眾生。」曜日趁機落井下石。

「哎呀，沒想到你也在，曜日。」言夜佯裝詫異，「不好意思，可能是因為你的存在感太薄弱了，一時沒發現。」

「你絕對是故意的！我不是有出聲過嗎！」曜日不滿地抗議。

「我以為那是蒼蠅在叫。」

「我看你是刻意無視我，才那麼說的吧！」

「你的個子是不是有長高一點？」雖然還不及全盛時期，但當年的影子已經逐漸自這個少年的身軀浮現。

「哼哼，如何，很帥吧！再過不久，我就能和那時候的我一模一樣了！」曜日挺起胸膛，整整衣服。

袖子一揚，原本空空如也的桌上，頓時多出了各式糕點，連茶具都備有一套。

「帥不帥我不清楚。」言夜捏起一塊其貌不揚的糕點，放入口中品嚐，味道還可以。「就是個子矮了點。」

「個子矮……」遭到致命一擊，曜日無力地垂下頭。

「哈哈哈，別說這個了。言夜你不是要詢問掩飾黑眼圈的方法嗎，我教你！」奈奈趕緊跳出來打圓場，「有幾家品牌的遮瑕霜不錯，現在出的BB霜跟CC霜也有不少具遮瑕效果，不過畢竟是化妝品，記得要卸妝喔！」

「遮瑕……」言夜顯得有些疑惑。

「BB？CC？」曜日也皺著眉頭，「那是什麼咒語嗎？」

就某方面來說，這對古人兄弟根本就超級相像的啊！

「那是化妝品的名稱啦。」看到兩位土地神皆一臉好奇的表情，奈奈也不知怎麼解釋。

她平常只會化淡妝，就和素顏沒什麼兩樣，根本沒有補妝的必要，所以現在也沒有化妝品能做示範。

好在雙笙機靈，憑空變出一本最新出刊的美妝雜誌，恭敬地遞上。

「這本雜誌有網路上推薦的美妝排行榜，裡面還有ＢＢ霜跟ＣＣ霜的使用說明，上面是這麼寫的。」

「就是這個嗎？」言夜立即接過，翻了起來。

曜日也好奇地湊近，兩位土地神放下昔日的新仇舊恨竟然是因為——一本雜誌。

「雙笙，你怎麼會有這個？」奈奈感到很新鮮，雙笙是如何在言夜不知情的情況下，偷偷跑去買的？

「其實……」雙笙難為情地搔搔臉頰，「雜誌不是我的。」

「不是你的，那是誰的？」總不至於是言夜本人的吧。

「是我的。」連笙主動招認。

「連連連笙的？」想不到一向沉默寡言的連笙會喜歡這類雜誌，實在太不可思議了。

「很奇怪嗎？」連笙沉聲問道，臉上沒什麼表情。

「不，該怎麼說呢，也不是奇怪，只是……」奈奈結結巴巴，腦中的某個角落正在大喊超奇怪的啦！但這個想法馬上被強壓下去，不讓它有冒出的可能。

「只是什麼？」連笙似乎很在意旁人的看法。

「只是不像是連笙的興趣。」奈奈苦笑著把話接了下去。

「果然很奇怪嗎……」連笙沒什麼表情的臉上，出現了一絲受傷的神色。

「不，我沒這樣說啊！」奈奈著急道，「我覺得很棒，我也很喜歡雜誌，真的！」

「真的嗎！」連笙眼睛一亮，像是找到了同伴，獻寶似地拿出各類雜誌在奈奈眼前展示。

時尚、美容、汽車、旅遊，甚至寵物雜誌，全都保存得相當完善，連笙並不是看完就扔到一旁，而是細心地將每一本都好好收藏起來。

奈奈忽然想起第一次見到雙笙和連笙時的情景。

「你們來接我那次，那臺車的外型就是參考雜誌的嗎？」

「是的，我們就是參考這輛車的外型。」說著，雙笙打開了一本專門介紹昂貴車輛的雜誌，並指著其中一輛車。

奈奈終於稍微能理解，那時圍觀民眾各種欣羨、嫉妒的眼神是從何而來，雖然只是幻象，但她從沒想到自己有坐上名車的一天。

這種只有偶像劇才會上演的情節，通常在現實裡遙不可及。

說到遙不可及，誰能想得到，某天她會與兩位土地神一起商討正事呢。

「對了，言夜，我和曜日之所以來到這裡，是有要事請教的！」

「終於要進入正事了嗎。」言夜從雜誌上抬起頭來，「我正在等妳起個頭，說吧，所為何事？」

「最近我們學校出了一點點小狀況。」

「一點點？」言夜挑眉。「能麻煩說得更為具體嗎？」

言夜雙手交握，手肘抵著桌面，神情十分專注。

奈奈將雜亂的思緒整理了一遍，緩緩道出學校近日來的狀況，包括最近新來的代課老師——墨遙。

「代課老師？」沒想到，言夜對這位身分成謎的代課老師起了濃厚的興趣。

「不過，聽曜日說，那個墨遙老師好像是他熟識的人，所以應該不是壞人。」

怕墨遙老師的真實身分讓整起事件更加撲朔迷離，奈奈事先澄清。

「啊，那個墨遙……」曜日啊了一聲，卻遲遲沒把話接下去。

「曜日？」言夜催促道。

「那個人……」想到墨遙凌厲的視線，曜日的話到了嘴邊，卻臨時改口，「不，我並不認識！」

知道曜日在說謊，言夜和奈奈彼此對視了一眼，沒再逼問下去。

言夜的心中其實隱約有答案浮現，能讓曜日有所忌諱的人，天下之大，能數得出來的也只有那幾人。

既然他是在這塊由四位土地神共同守護的區域現身，那麼思來想去，就只有一個人符合條件了。

只是，言夜不知道他出現在那裡的目的為何，很可能與奈奈這次要詢問的事件有極大的關聯。

若不是此次事件具一定的嚴重性，那個人不可能會親自出馬，畢竟就他所知，對方平日的公務也相當繁忙，與他不相上下。

言夜聽完了奈奈的小小狀況後，心中頓時有了想法。

「或許是怨靈作祟。」

「怨靈？」奈奈喃喃地重複，「是像樂樂的姐姐那種靈嗎？」

「那個和這次的不一樣。」回答的人是曜日。他百無聊賴地捲起自己的一綹髮絲，不想讓言夜占盡風頭。「同是靈，小女孩的情況單純多了，她只是被過往的恨絆住，渴望親人的愛，導致無法前往黃泉，只能在人世間徘徊。」

言夜輕咳了聲，「所謂的怨靈是——」

「所謂的怨靈，是人的怨念累積而成的靈體。」曜日又搶先在言夜之前，開口解說：「每個人多少會有負面的想法，將負面情緒透過口中講出來的話，久而久之就會產生惡意的聚合物，甚至凝聚出自我意識，這種意識就是怨靈。」

「也就是說，是怨念產生的靈嗎。」該怎麼說呢，還滿符合字面意思的。

言夜勉強地點了點頭，「曜日說的跟我想表達的意思差不多。」

「如果是在那所學校，的確很可能發生怨靈作祟的事件。」雙笙在一旁插話道。

「什麼意思？」

「翻看以前的紀錄顯示，那所學校曾經有人失蹤。」

接下話，言夜的手一揚，桌面上的茶水點心登時消失，取而代之的是一本本線裝冊子，上頭記載了五十年內，所有在這塊土地上發生的悲歡離合。

不只有高興的事，更有著令人難過的事。每一天，每一分一秒，都有著新的生命誕生，卻也有生命正在殞落，將一切記錄下來，也是土地神的例行工作。

「失蹤？」害怕聽到學校曾經死過人的奈奈，此時沒有鬆口氣，而是眉頭一蹙，發覺案情不單純。

雙笙點頭，「失蹤者好像是某一屆的女學生，不過上面沒有詳述原因。」

「那麼白伶會怎麼樣？她和那個失蹤的女生有關係嗎？」好歹是同學，儘管白伶不怎麼討人喜歡，奈奈也不希望她出事。

「妳說，那個叫白伶的小姑娘，最近常常行蹤不明沒錯吧？」言夜若有所思地問道。

「嗯，我只在四樓的廁所外看過她一次，不確定她是不是都到那裡去，但她進了廁所人就消失了，所以我相信那邊一定有問題。」當時的困惑至今仍盤旋在奈奈心頭，縈繞不去。

「嗯，那裡應該會是重要的突破口。很遺憾我近期無法抽身，只能給妳這點口頭建議。」言夜一臉抱歉地望向奈奈。

奈奈趕緊擺手，示意言夜不用放在心上，「你願意撥空見我就很好了，畢竟言夜跟某個閒閒沒事幹的土地神不一樣嘛。」

「欸欸，妳說誰閒閒沒事幹啊！神明跟凡人不同，尤其是時間上的觀念，對我們來說，一天可以很漫長也可以很短暫。」曜日不滿地為自己辯解。

「那還不是一樣很閒！」奈奈冷不防又補上一槍，「不然，你說這幾日你在學校有什麼新發現？我看你根本沒認真調查。」

「當然有！」曜日勾起嘴角，輕笑。

「喔？說來聽聽。」

「我發現你們學校的隱藏版美食是雞塊咖哩飯！乍看之下沒什麼特別，但是就是這看似不起眼的料理，兼具美味和營養，讓人久久無法忘懷！」曜日陶醉其中，流了一桌子的口水。

奈奈舉起右掌，二話不說朝曜日的腦門重重劈下。

「嗚哇！好痛！妳幹嘛啊！」無預警地接下一記痛擊，曜日痛得飆淚，忍不住抱頭哀號。

「我覺得你還是不要說話比較好。」言夜好心地奉勸了一句。

「臭言夜，我和奈奈的事不用你插嘴，笨蛋！」曜日當然不領情。

「說別人笨蛋的人自己才是笨蛋喔。」言夜啼笑皆非。

「你這是在取笑我嗎！」曜日怒目瞪視，「老傢伙，上次的仇我還沒跟你算呢！」

他們就是在上次見面時結下了梁子，一想到當時發生的事，言夜的嘴角抽了抽，靜默不語。

「什麼仇？」奈奈問。

「不，什麼都沒有！」兩人口徑一致地否認。

奈奈狐疑地看著顯然隱瞞什麼內情的兩位土地神，接著把視線投向身後的兩位使神，尋求他們的答案。

幾乎是觸及到奈奈視線的同時，雙笙連笙立即把目光放向別處。

雙笙盯著窗臺的花瓶猛瞧，好像突然對那上頭繁複的花紋深感興趣。

連笙則是認真研究起腳邊一串螞蟻分工合作的模樣，彷彿對牠們著迷不已。

這兩位使神果然知道些什麼！奈奈撇撇嘴，覺得自己被排擠了。她不想自討沒趣，很快就轉移了話題。

奈奈跟曜日又待了一會，就別過言夜，起身告辭。因為人家和曜日不一樣，是個大忙人，就在他們叨擾的當下，不停有信眾前來上香，難怪言夜眼睛底下積了一大圈陰影。

回程途中，曜日鄭重拒絕再次搭乘公車上路。

「可是這裡離廟有點距離耶……」奈奈皺起眉頭，不坐公車，難不成要她用走的？

「妳放心，我有別的方法可以回去。」曜日笑得一臉得意，奈奈卻抱著懷疑態度。

「呃？」

「妳難道忘記我是誰了嗎！」

「大概也許可能是神。」

「等等！妳用了三個不確定的詞是怎麼回事啊！」曜日忍不住大聲嚷嚷。幸好這附近沒什麼人，就算剛好有人經過，也看不見到他。

有時候奈奈真的很羨慕一般人，視而不見、聽而不聞是她現在最想做的事情，可惜事與願違。

「好吧，不然扣掉一個好了。」奈奈無奈地攤手。這傢伙真是麻煩，老是拘泥在小事上，難怪個子長不高。

「誰跟妳說是數量的問題！」曜日不高興地睨了奈奈一眼，「都怪妳害我離題了！」

奈奈聳肩。

「今天坐公車的時候，因為頭太昏了，導致我忘了一件事——既然我恢復了神力，那麼快速移動到某個定點也不在話下。」

噢噢！奈奈知道這個。

「你是說你會瞬間移動？」

沒想到曜日搖了搖頭，「瞬間移動目前我還辦不到。」

「可是，你剛剛不是說……」奈奈迷糊了。

「我是說我能夠快速移動。」曜日覺得有必要好好說明白，「途中得經過好幾個地方，我無法一次到達目的地。」

「意思就是需要轉車是嗎。」奈奈扶額嘆氣，覺得事情不太妙，誰知道他們會移動到什麼鬼地方。

她還是坐公車比較有保障，雖然慢了點，但能確實到家。

「大致上就是這個意思。」曜日很高興奈奈理解他的意思了。

雖然意思是懂了，但……

「拜託，讓我坐公車就好了。」這是她第一次提出請求。

「不用擔心，我會保護妳的！」

曜日一把捉住奈奈的手腕，食指和中指併攏，比出劍指，口中喃念咒語。

「天地方圓，劃正成格，極速疾行，走！」

「欸？等、等一下，我還沒有答應啊啊啊！」

奈奈恐慌的聲音和曜日鎮定的嗓音重疊，待最後一個字落下，兩人隨即從原地消失，唯有空氣中餘有淡淡的氣味，證明兩人方才確實立於此處。

假日結束，學生又要回到名為學校的牢籠，這日宮奈奈特意起了個大早，清晨五點就從床上爬了起來。

奈奈的媽媽嚇了好大一跳，自家女兒何時變成了勤奮苦讀的好學生？

奈奈之所以這麼早起，一部分是為了學習沒錯，但最主要是因為在進教室前，她還要去某個地方。

出門前，媽媽特地叮囑要奈奈早點回家，別老是在外面玩得太晚。

奈奈沒辦法反駁，只能乖乖點頭。

都怪曜日，說什麼能快速移動，結果害她昨天晚上八點多才到家，還被爸媽訓誡一頓。雖沒到禁足的地步，但這星期的洗碗工作都由她包下了。

曜日的神力依然很不穩定，移動的過程中，他們起碼停靠了十幾站，一路走走停停，有幾次甚至跑進公墓或別人家後院，嚇得奈奈沁出一身冷汗。

到了校門口，奈奈習慣性地左右張望了一陣，始終沒看到那人的身影。

說起來，她已經有好幾個禮拜都沒看到玄音了。

想到玄音所選擇的道路，前方必定會出現重重障礙，奈奈忍不住為他掬了兩把同情淚。

懷念完畢，奈奈甩頭就將玄音拋諸腦後，啟步踏入校園中。

早晨的校園十分寧靜，一點聲響就可以激起極大的回音，宮奈奈下意識地放輕步伐，繞了一圈，貓步到四樓的廁所外。

平時就陰森可怕的廁所，現在只能說很適合當試膽大會的地點。

一瞬間，各種有關廁所的恐怖故事在腦袋中如泡泡般不斷冒出，趁著僅剩的勇氣消散之前，奈奈趕緊低頭衝了進去。

四樓廁所的空間不大，只有三間隔間，奈奈查看了一遍，如她所料想的，什麼都沒有，更沒有幽靈。

回到洗手臺前，奈奈瞪視著鏡中的自己，鏡中的她也依樣畫葫蘆地反瞪回去。

腦中思緒飛快奔馳，究竟白伶和這間廁所有什麼關聯？這裡看起來也不像是有惡靈出沒的樣子。

奈奈想得出神，一抬頭，卻被自己在鏡中的影像給嚇著了。

鏡中的自己此刻面無表情地看著她，雙目死氣沉沉，嘴角噙著一抹若有若無的譏笑。

一雙蒼白的纖纖玉手冷不防自鏡中穿透而出，一把扯住奈奈的領子，想將她拖進去。

「救命——」

對方的力氣出奇地大，奈奈死命抓住洗手臺邊緣，不讓對方得逞，但力氣漸漸流失，雙腳也騰空了起來，一寸寸接近……

眼看自己即將被拖入鏡中，心慌意亂的奈奈連忙舉烙印著神紋的手，反手抓著對方的手臂。登時神紋發動，發出強烈炙熱的白光，手臂的主人發出淒厲的慘叫聲，連忙放開奈奈。

奈奈從洗手臺上摔落下來，跌個四腳朝天，屁股很痛，但好歹命保住了。待白光退去，奈奈趕緊上前查看，鏡中的怨靈已經逃逸無蹤了，只剩她的倒影一臉驚魂未定地回瞪著自己。

雖然不知道是怎麼回事，但整起事件終於有了重大進展。

那個怨靈，就躲在鏡中！

「難怪都遍尋不著，氣也很微弱，原來怨靈躲在鏡子裡啊。」

曜日懶散地倚靠在頂樓的欄杆上，手裡拿著瓶豆奶。

中午時分，奈奈特意挑了隱蔽的地方吃午餐，順便問問曜日的意見。頂樓通常沒什麼人，是個祕密會談的好地點，大概只有學生情侶偶爾會上來談情說愛。

咳，她跟曜日才不是情侶！他們是在談公事！為了克制自己的胡思亂想，奈奈一個勁地低頭猛吃方才買的草莓麵包。

好甜。她舔舔嘴角。

「看不出來妳這麼餓。」曜日揚眉，並肩與奈奈坐在一起，感受著徐徐吹來的微風。

奈奈放緩咀嚼的速度，說：「今天差點被拖進鏡子裡，我還以為自己死定了！」她打了一個哆嗦。

「鏡中世界嗎……」曜日一邊吸著豆奶，一邊仔細思索。

這可不太好辦，怨靈本體藏在鏡子中，除非對方願意出來，不然他們也莫可奈何。

要是有什麼籌碼或對方的把柄就好了，最起碼也得知道敵人的底細，先搞清楚是什麼來頭才能對症下藥。

「那個抓住妳的女人長什麼樣子？」曜日忽然問。

「就是我啊。」奈奈語焉不詳地說。

「什麼意思？」

「我是說，她幻化成我的樣子。」

「這樣有點麻煩。隨心所欲變成他人的模樣，可不是一般精怪能辦到的事情。」對方的實力，極可能不在他之下——當然是現在的他。若是以前，他根本不用顧慮這麼多，直接硬上就好。

「不過，為什麼會選四樓的廁所啊？」奈奈說出心中的疑問。

「為什麼這麼問？」

「不覺得奇怪嗎，學校的廁所那麼多，為什麼偏偏是那一間？還是學校的七大不可思議之一。」

「七大不可思議？」

「就是學校的七大怪談啦，不過詳情我也不太清楚。」奈奈不好意思地搔搔臉頰。

「總之，奈奈妳先去調查這些怪談，或許能有什麼幫助。我想，白伶一定和那個怨靈達成了某種交易。」

「交易？」奈奈偏過頭望著曜日。

「妳想，對方會白白幫助白伶嗎？她們之間肯定有某種協議，而其中一方必然得付出代價。」

曜日的話不無道理，而且所謂的代價，怕是會由白伶這方支付。

奈奈嚴肅地點頭，「好，我明白了！那曜日你呢？」

「我？我就乖乖上我的課啊。」

「你都不用調查嗎？」言下之意就是全扔給她就對了。「我記得學校位在東西南北四區的交界，或許你可以請求其他土地神幫忙？」

曜日隨即用一種「我才不要咧」的嫌麻煩表情看向奈奈。

「除了言夜之外，其他兩位土地神我都沒見過，他們是怎樣的人？既然是神，應該不會太難相處吧。」

「他們啊……」曜日欲言又止，嘴巴動了動，還是選擇什麼都不說。

「他們怎樣？」奈奈好奇地追問。

曜日把喝完的鋁箔包壓平，轉過身，準確無誤扔到樓下的垃圾桶。

「我還是期待一個月後的園遊會就好。」他起身伸伸懶腰，拍拍屁股，一副準備閃人的樣子，「不知道園遊會有什麼新鮮的玩意，要不要帶白狐和黑狐一起來呢。」

見奈奈沒阻攔自己，曜日自顧自地說著，同時往樓梯走去。

這傢伙是怎麼了，為什麼話只說到一半？

再用一次的話應該沒什麼關係吧，對，只用那麼一次就好。奈奈露出一個壞心的笑容，白光沿著神紋微微閃爍，在她的手背上流轉。

曜日沒注意到身後的異樣，正要下樓，忽然被某個凸起物絆倒，整個人重心不穩從樓梯滾落下去。

「呀啊啊——」

一連串慘叫聲由大漸小，奈奈趕緊跑到樓梯口探頭下望。

她明明什麼都還沒做啊，絕對不是她害的！

難道又是那個怨靈？

奈奈回過身，只見不知道是誰在樓梯上擺了一瓶裝滿水的寶特瓶，可能是不小心忘記帶走的，結果曜日不小心踩到，然後……

曜日在地上呈現大字形躺平，一動也不動。

奈奈摀著嘴巴，努力不讓嘴角失守，雖然最後還是忍俊不禁地破功了。

「終於放學了！」

下午五點多，天空染上一片橘紅。再過一會兒，街燈亮起昏黃的燈光，無人的學校又會陷入一片死寂。

奈奈趴在桌上，靜靜凝視著窗外，看來一時半會還不打算離開。

「奈奈，妳不回家嗎？」樂樂背好書包，疑惑地看著奈奈散落著書本和文具的桌面。

「樂樂。」奈奈輕輕喚了一聲。

「嗯？」

「妳知道校園的七大不可思議嗎？」等同學走得差不多了，她直接切入正題。

聞言，樂樂瞠大眼睛，連連倒退了好幾步。

「怎、怎樣啦？」奈奈被樂樂戲劇化的反應嚇到了。

「我們家奈奈居然對靈異感興趣？妳打算加入靈異研究社了嗎！」樂樂激動地握起奈奈的雙手。

「靈異研究社？學校什麼時候有這個社團？」她連聽都沒聽過。

「有！就在剛剛成立的！」

「……妳還是快點進入正題吧。」無奈地嘆口氣，奈奈將手抽回來。

「好，妳等我一下！」

樂樂翻開書包，從中取出有些磨損的筆記本，裡面都是密密麻麻的字跡，幾乎看不到空白處。

也就只有樂樂會為了這種事情認真做筆記。

「我也可以一起聽嗎？」

兩個女生往聲源的方向看去。

曜日本來想帥氣地朝她們走來，但頭上的腫包大大降低了平日的帥氣指數。

「嗯，好啊！」樂樂表示無所謂，故事就是要多點人聽才有氣氛！「對了，曜日，你一直待在教室裡頭嗎？我還以為教室只剩下我和奈奈而已。」

雖然在記憶中有這個人的印象，但有時候又很模糊，即使待在同一間教室，也完全沒發覺到對方的存在。

柳顏樂覺得這大概可以列為學校裡的第八大不可思議了。

「別管曜日了，快點講吧！樂樂。」奈奈趕緊拉回樂樂的注意力。

見兩人都上前湊了過來，樂樂清了清喉嚨。

「我們學校流傳的七大不可思議。」為了營造可怕的氣氛，樂樂刻意壓低嗓音，「分別是音樂教室的鋼琴聲、數階梯的樓梯子、美術教室的大衛塑像、半夜十二點的鐘聲、四樓廁所裡的鏡子……」

「停！」奈奈出聲打斷，「那個四樓廁所的鏡子，具體是怎樣，我想知道！」

樂樂沒有因為被打斷而感到不悅，相反地，她因為奈奈展現出不同以往的超高專注力而感動莫名。

深吸一口氣，將故事的全貌娓娓道來。

「據說在十多年前，有個女學生暗戀大她一屆的學長，因為對外表沒自信，她只敢遠遠注視對方，不敢上前搭話。日復一日，她的愛慕之心沒有隨著時間逝去，反而更加濃烈。

「某一天，女學生終於按捺不住，寫了情書準備向學長告白。可惜妹有情郎無意，加上學長身邊早就有女朋友了，這封情書最終並沒有送出去，女學生只是默默將這份情意藏在心中。」

樂樂頓了頓，而後才又將未完的話接續下去。

「然而，某天學長的女朋友輾轉得知女學生喜歡的人是誰，對她起了捉弄之心。她主動約女學生出來，佯裝不知道對方的心上人，並告訴她一個能使戀情成真的方法。」

隨著故事的進展，奈奈不自覺嚥了一口唾沫。

「那個方法就是要她晚上十二點的時候，到學校四樓廁所，拿著口紅在廁所鏡子上寫下喜歡人的名字，如此一來就能和對方在一起。」

樂樂彷彿也被故事背後的哀傷感染，輕輕吁了口氣。

奈奈跟曜日彼此對視一眼，誰也不敢任意打亂故事的節奏，只是等著樂樂自己繼續說下去。

「可是自那天後，學妹就再也沒來學校了。」樂樂闔上筆記本，接下來的發展她全都記在腦海裡。「有人說，那個女學生發現自己被人耍了，失望之餘自殺輕生；也有人說，女學生至今仍躲藏在某處，等著向存心看她笑話的人復仇。而後來，不知道是因為良心受到譴責還是什麼原因，學長的女朋友也失蹤了。」

「失蹤了？怎麼會？」沒想到故事會這樣發展，奈奈驚愕出聲。

「有人說她是被女學生抓交替，但誰知道呢？故事到這邊就告一段落了。」

樂樂聳了聳肩。

類似的故事有很多，真真假假、假假真真，一般人根本不會去追查故事的真實性，大家都只是聽聽就罷了。不過故事還是有效果的，恐懼從此落實在學子們心中，直到現在幾乎沒人使用四樓的廁所。

三人沉默了半晌，還沉浸在方才的情境裡。

樂樂擺了擺手，「討厭啦，這只是故事，用不著這麼認真看待吧！」

曜日沒答話，只是點點頭。

「說得也是，只是故事而已。」奈奈口頭上這麼說，內心卻知道完全不是那麼一回事。

這則故事確實有其根據。奈奈想知道，故事裡提到的女學生，還有學長的女朋友究竟去了哪裡？

真的是被拖去鏡中世界了嗎？

樂樂不知道奈奈的心思，繼續說起其他六大不可思議的傳說。奈奈恍若未聞，只隱約聽到樓梯子是個男孩子，並非大家以為的女孩，而曜日則聽得津津有味。

眼看天色即將染成深沉的黑，他們向對方道別，趁著第一顆星星出來前，踏上返家的歸途。

總算得到了有條理可循的線索，然而這則故事對現況並沒有實質幫助，反而將他們推向了另一波的謎團之中。

奈奈為此困擾了很久，曜日本人則絲毫不受影響，還在開心地哼著歌。

一個月後，園遊會即將來臨，準備工作也如火如荼地展開。

今天的班會由班導主持，將票選這次園遊會班上要經營的項目。不過才在提議階段，大家就意見分歧，開始唇槍舌戰起來。

有人提議弄時下流行的女僕咖啡廳，有人建議辦鬼屋，也有一部分的人認為賣小吃比較實在。

話劇、舞臺劇，甚至搖滾演唱會這種荒謬的提議都紛紛出籠。

「不知道老師肯不肯讓我設置一個占卜館呢？」樂樂不甘示弱地幫忙出餿主意。

「怎麼樣都不可行吧！」奈奈直接狠心地否決好友的點子。

樂樂努努嘴，「不然奈奈妳說，妳有什麼好點子？」

「嗯？我都可以啊，隨便指派一個工作給我就行了。最好是幕後的。」看著黑板上的投票選項不停增加，奈奈表示沒意見。

「那，曜日呢？」見自己好友沒救了，樂樂轉而問向坐在後面的曜日。

以往這個時候，曜日都趴在桌上閉目養神，今日卻難得地神采奕奕。

「園遊會當然是要賣吃的才有賺頭啊！」

這個答案的確很像他的風格。

「具體要賣什麼呢？」樂樂偏過頭，接下曜日遞來的一張單子，「這是？」

「攤位上要賣的東西我全都列出來了，如何？」曜日揚起一個過於燦爛的笑靨。

「這也太多了吧？」看著白紙上列出的各項料理，樂樂覺得，這根本不是擺攤，而是準備要開店做生意了。

在幾個胡亂的提議被班導否決後，大家就黑板上僅剩的三個選項進行投票表決，最後由女僕加上執事咖啡廳勝出！

決定好要經營的項目，接下來就只剩分配組別。

奈奈、曜日以及一位女同學被分到美編組，必須在放學後留校布置教室。

樂樂長得可愛甜美，理所當然被分配到女僕組，就連白伶也是。

執事組競爭激烈，班上男生都搶著加入。照理來說憑曜日的相貌，應該會被分進這一組，只是他對咖啡廳興趣缺缺，就把機會讓給了別人。

「咖啡那種苦苦的玩意有什麼好？」自己的點子沒有被採納，曜日顯得很不滿意。

「咖啡分很多種，不見得每一種都會苦，而且可以依照自己的喜好加糖或是奶精啊。怎麼，曜日你不喜歡咖啡嗎？」奈奈問。

「不喜歡！」曜日直截了當地表達自己的想法，「茶才是最好的飲品，像是烏龍茶、鐵觀音啦，年輕人就是不懂。」

「曜日，你好像老頭子喔。」

「哈？我本來就很老啊。」曜日慵懶地支著腦袋，看著熱烈討論的同學們。

「也是。」奈奈理解地點點頭。

另一個美編組的女生聽著兩人奇妙的對話，不曉得該說些什麼，只是看著眼前的男同學，總會忍不住有些疑惑。

這個男生是誰啊？

可是腦中的記憶在在告訴她一件顯而易見的事實——男生名叫曜日，也是班上的一分子。

園遊會活動定案後，他們又上了幾次墨遙老師的課，每每班上都洋溢著粉紅泡泡般的戀愛氣氛。而身為歷史小老師的奈奈每當低下頭時，總能感受到好幾道像是要殺人的視線。

拜託，她也不願意好嗎！奈奈只希望這樣的情況能趕緊過去。

至於曜日，只要到了歷史課，他的老人病就會發作，即為「這裡痛那裡也痛，總之全身都好不舒服喔」的病症，然後一溜煙跑得不見人影。

然而今日，曜日還來不及想出理由閃人，墨遙就提早到了教室。

整堂歷史課，曜日都坐立難安，除此之外，奈奈也注意到儘管墨遙老師依然擺著一張酷臉，但時不時會將目光停留在曜日身上。

這兩人的關係實在不尋常。奈奈暗忖。

因為園遊會，白伶事件的調查行動暫時中斷，不過白伶這幾天挺安分的，消失次數沒有前一陣子那麼頻繁。她跟安鳳夜學長的感情依舊甜蜜，膩在一起時也絲毫不在乎旁人的眼光，只顧沉浸在兩人世界。

有天，曜日剛好從安鳳夜學長身旁經過，隨口問了一句，「原來妳喜歡那傢伙啊？」

「你怎麼知道！」實在太過訝異，奈奈都忘了應該先否認才對。

「很明顯啊，妳臉上清楚寫著妳喜歡那傢伙。」曜日淡淡說完，又多看了學長幾眼。

「有這麼明顯嗎……」奈奈一時間想不出任何反駁的詞句。

「那個人大概被施了術吧。」收回放在學長身上的目光，曜日轉而看向奈奈，

「不，不是大概，是肯定被施了術。」

學長自從和白伶交往後，眼裡再也容不下其他女孩子，開口閉口都是白伶多

好多好諸如此類的話語。

大家只當學長深陷情網，完全沒想到背後有另一層不為人知的原因。

「果然是這樣，跟我猜想的一樣。」奈奈一點都不意外，這次的敵人有點棘手。

「妳看，他的雙眼空洞無神，看著白伶的眼神卻異常熾熱，顯然中了術。我看他根本不知道自己現在在做什麼吧！如果不及早解開，或許——」

「或許怎樣？難道會死掉？」奈奈急忙追問。縱使學長恢復神智也不一定會注意到她，但她不在乎，只要學長好好的就好了。

「死掉是不至於啦，不過……」曜日搖了搖頭，說，「算了，沒什麼。」

事態還未發展至最嚴重的局面，他也說不準究竟會如何，只能靜觀其變。

曜日欲言又止的模樣，讓奈奈更加焦躁不安。

不過，最近她被美編組的工作搞得焦頭爛額，實在無暇應付其他事情，也只能暫且將這個問題擱在一邊。

美編組的另一個成員叫李莓，班上都暱稱她小莓。小莓個性安靜內向，脾氣很好，對手工藝也頗有心得，所以基本上是由她主導如何布置教室。

材料是用班費購買，小莓很有效率地在實作前一天就把東西全準備好了，放學後大家只進行了簡單的討論就開始製作。

小莓熟練地將一張張紙剪成各式花樣，奈奈也嘗試仿效，但結果可想而知，當然是慘不忍睹。

當奈奈煩惱時，曜日伸手拿過紙張和剪刀，看似亂剪一通，但一將紙張展開，呈現出來的竟是繁複精美的花樣，好似盛開的牡丹花。

「好厲害……」奈奈脫口而出。

小莓也看傻了眼，著急地問：「曜日，你是在哪裡學的？」

「自學！」曜日嘴角一勾，揚成得意的角度。

那個笑容真的是……超級討人厭啊！

奈奈不服氣，偷偷湊到曜日旁邊附耳道：「你是不是偷用神力？」

曜日嘖了一聲，同樣壓低音量回應，「這種雕蟲小技，我需要用到神力嗎！以前在廟裡閒來無事，我都會用信眾燒的紙錢摺著玩。」

聞言，宮奈奈臉上降下了三條黑線。這傢伙是嫌錢太多了嗎，現在成了一貧如洗的土地神怨不得別人！

說著，曜日又拿了幾張色紙，不出幾秒，在他的巧手下色紙成了一隻隻栩栩如生的動物。

鶴、青蛙、長頸鹿、獅子，還有小兔子！每一隻都獨一無二，只有一個共同點，那就是它們都是紙摺成的。

「好強！」兩位看傻眼的女生不約而同地驚呼。

小莓在初中時曾得過不少比賽的名次，本來對自己的手藝很有自信，如今見識到眼前神人等級的技巧，不得不甘拜下風。

果然，人外有人，天外還有天天天啊，只是沒想到這麼早就讓她碰上了。

「……我輸了，組長的位子給你吧！」小莓垂下腦袋，一臉泫然欲泣。

「咦咦咦！」奈奈趕緊安慰對方，「小莓，雖然曜日很厲害沒錯，但妳也不需要把組長的位子讓出來啊，不用把那傢伙當人看待！」

這話完全沒起到半點安慰的作用。

「奈奈，妳是說曜日不是人，早就已經是神的等級了嗎！」小莓受到的打擊更大了。

嗯？這麼說有點對好像又不太對……

「曜日是神沒錯，但不是小莓妳認為的那種神啦！」奈奈快被搞糊塗了。

小莓直接陣亡。

而身為罪魁禍首的曜日，渾然不知自己把一名凡人打擊得體無完膚，兀自沉浸在摺紙的樂趣當中。

「喂，你好歹也說點什麼吧！」

「蛤？」

曜日慢半拍的反應，換來奈奈的一記手刀。

「痛！」

曜日從原本只是掛名的組員，變為小組的組長，其中的落差大到讓奈奈至今仍無法適應。

不過也多虧如此，曜日第一次不用人監督，早早就到了學校，還去圖書館借閱相關書籍，看來是真的很喜歡勞作吧。

在曜日認真鑽研，以及兩位小助手的全力配合下，比起女僕執事組和餐飲組，他們的進度大幅超前，教室布置已經完成百分之八十，即將進入收尾階段了。

短短不到一個禮拜的時間，教室變得美輪美奐，奈奈每次踏入教室前都會懷疑自己是不是走錯地方了。

曜日的好手藝不只被班上同學讚賞，甚至別班都聞名而至，非得進來觀賞一番不可。

現在已經沒人會淡忘曜日了，他不在的時候，還會成為別人口中的話題人物。

奈奈不知道這樣是好是壞，也不知道要擺什麼表情來面對這項事實。

她應該替曜日感到高興，但看著曜日每到下課就被愛慕他的女生包圍，心裡莫名有些苦澀，還有淡淡的哀愁。

並不是嫉妒或吃醋，而像是有什麼沉重的東西壓在心上，總之就是很微妙的感受。

歷史課結束後，奈奈將班上同學的作業收齊，送到教師辦公室。

臨走之際，墨遙忽然叫了她的名字。

「宮同學。」

「老師，請問有什麼事嗎？」

四樓廁所事件過後，奈奈有好幾次想問清楚墨遙與曜日的關係，但不是與對方錯身而過，就是被巧妙地岔開話題。

對方擺明不想回答，奈奈也就不再追問，只是她不明白，今日墨遙是為了什麼原因叫住她。

「你們班的教室布置做得不錯，聽說是出自曜日同學之手？」

沒想到連墨遙老師也略有耳聞。

「呃，是的。」

「妳認為這樣好嗎？」墨遙深邃的眼眸閃過一絲異樣。

「老師，我不明白你的意思。」奈奈眉頭皺緊。

墨遙像是沒聽見奈奈的話，自顧自地往下說，「人是個很奇怪的生物，不論好或不好的回憶，都會以不同方式留存在記憶裡，雖然偶爾會遺忘，但遺忘的都是小事。不斷加強自己在別人心中的印象，未必是件好事，一旦某天那個人消失了，就會在記憶裡留下缺口。」

意有所指的話語太過明顯，奈奈更加確信墨遙果然與那個世界有所關聯。

雖然不知道對方特地找她說話的原因為何，但既然是以這樣的方式暗示，她也不是傻子。

「我知道了。」

放學後，美編組成員繼續留在學校進行教室布置的剩餘工作。只差那麼一點點，就大功告成了。

趁著小莓去找班導的時間，奈奈大致向曜日說了墨遙的事。

「墨遙？妳去找墨遙？」曜日從做到一半的紙雕作品中抬起頭來。

「你忘記我是歷史小老師了嗎？」奈奈沒好氣地提醒。

曜日輕輕啊了一聲，點點頭，「我知道了。」

語畢，又低下頭做著手邊未完成的工作。

「你知道什麼？」知道她是小老師還是墨遙提的那件事？

曜日停下動作，這次似乎是決心要與奈奈認真談談，他把紙張和工具都擱置在一旁，才開口出聲，「果然我太得意忘形了吧。」

「曜日？」

「墨遙說的沒錯，不能再這樣下去了。我擅自篡改學生的記憶本就不對，更不應該這麼高調，必須讓他們漸漸遺忘我才對。這是第一次有那麼多人記得我、認同我，我太過高興了，卻忘了最重要的事……」

「曜日……」奈奈沒想到會從曜日口中聽到這些話。

或許在他輕浮的外表下，其實有一顆寂寞的心吧。

「雖然過程會困難許多，但我保證會完美刪除他們對於我的記憶，不留一丁點痕跡。」曜日拍拍胸鋪，再三強調。

那段被人遺忘的歲月肯定很漫長，那是奈奈想像不到，也無法體會的，更是這世上任何言語都難以訴盡的痛苦。

「而且——」話鋒一轉，他從桌子底下取出一大袋東西，「只要一想到消除他們的記憶，以後再也拿不到這麼多供品，我就覺得好可惜啊！」

故態復萌的曜日拿著新鮮的水果不斷磨蹭，似乎是想好好珍惜把它們吃下肚之前的時光。

奈奈無言以對。不過這才是她認識的曜日，有什麼不好的呢？

就在這時，小莓回來了。

「你們的進度如何？」她拉開椅子坐下，「哇，看起來都差不多了。真沒想到我們會是班上第一個完成準備工作的小組。」

「是啊。」奈奈也沒想到。

「曜日，我這樣做對嗎？」拿起先前做到一半的作品，小莓向曜日徵詢建議。

「這邊彎進去會比較好，然後多餘的部分可以修剪掉。」曜日隨即端出專家的架子，細心提點每個細節。

接下來的三十分鐘，都是這樣熱絡的討論氣氛，與往常截然不同。

或許是因為工作到了尾聲，之後大家再也不會像這樣聚在一起，才讓今日的小莓變得異常健談。

場。

聽著小莓和曜日聊天，奈奈有一搭沒一搭地加入談話，偶爾笑個幾聲以示捧

「啊！」小莓忽然想起什麼，「我有工具忘記帶了，今天不做完的話，就要延到明後天，可是我之後有事，怎麼辦？」

「小莓家近嗎，要不要回家一趟？」奈奈提議。

小莓搖頭，「我家離學校要一個小時車程，這樣來回肯定來不及。」

「嗯……」奈奈的腦袋打結，想不出其他替代方案。

過了片刻，小莓輕拍手掌，想到了一個好點子。

其餘兩人皆望向她。

「美術教室應該有我要的工具。」

「可是這麼晚了，老師應該都回家了吧。」奈奈瞥了窗外漆黑的天色一眼，

「沒有鑰匙怎麼進去？」

「美術教室的門鎖前陣子壞了，可以直接進去，而且工具我用完就放回去了，不會怎樣啦！」小莓輕鬆地道。

「這個時段學校沒什麼人，一個女孩子……」

「沒關係，有曜日可以陪我一起去啊！」小莓說著挽起曜日的手臂。

曜日雖面露為難，但也沒有抗拒。

小莓之前有這麼熱情嗎？

當然，選曜日同行最好不過了。即使再怎麼輕浮，再怎麼不負責任，再怎麼半調子，他好歹也是神明，遇上危險多少能派上用場吧！

「好吧。」奈奈妥協道，「記得要早點回來喔！」

待兩人離開教室，消失在走廊的另一頭，奈奈這才猛然發覺——教室裡只剩她一個人！

結果有危險的不是小莓，而是她啊！

冷靜，千萬要冷靜！奈奈告訴自己越在這種時刻，越要保持平常心，切勿自亂陣腳。

偏偏前幾天樂樂說的校園七大不可思議，好死不死挑在這種時候從腦海深處浮了出來。

克制住忐忑不安的情緒，她趕緊溜回座位坐好，認真進行手上的工作。

曜日負責的部分早就完成了，所以奈奈有不會的地方就對照他的成品，查看是哪裡做得不夠細心。

經過一番努力，在奈奈笨拙的雙手之下，她的部分也終於大功告成，而且成品讓她滿意得不得了。

雖然比不上另外兩個人，但她給自己打了八十分的高分。

只是過了那麼久，都已經兩個半小時了，小莓和曜日怎麼還沒回來？

奈奈起身走到教室門口，外頭一片靜悄悄的，長廊兩端都被黑暗吞噬。

「曜日？小莓？你們在嗎！」

無人回應。

奈奈正打算再喊一次時，感覺到自己的衣服被輕輕扯了一下。

低頭看去，只見一雙澄澈水靈靈的大眼睛正望著自己。

「有有有鬼啊——」奈奈驚叫出聲。

對方也被嚇到了，過了一會兒才反應過來。

「奈奈大人，是我啊，白狐！」

白狐施了簡易的法術，瞬間，奈奈就感覺到有股暖流撫過全身，心裡的焦躁不安也跟著消失了。

「白狐！」奈奈從沒想過他們會在學校見面，「你怎麼會在這裡？是曜日叫你來的嗎？」

「曜日大人一直沒有回來，也聯繫不上，所以我留黑狐看家，出來找曜日大人。」

「我也打算去找曜日他們呢！」注意到白狐異樣的神情，奈奈開口詢問，「怎麼了，有什麼不對勁的地方嗎？」

白狐沒有回答，而是反過來拋出一項莫名的請求，「奈奈大人，能不能請您試著發動神紋？」

「發動神紋？做什麼？」

奈奈不像曜日和白狐他們可以任意使用神紋，她要想使用神力的話，必須下達明確的指令才行。

「什麼都可以，不如就使出上次對付曜日大人的那一招吧！」白狐堅定地表示。

「不太好吧……」

這可是虐待兒童，會被抓去關的！

「請您不用顧慮我！」白狐意外地堅持。

「好吧！」奈奈深吸一口氣，發動神紋，「浮起來，下去！」

喊是喊了，但一點動靜都沒有。

白狐好端端的，既沒有依言騰空浮起，也沒有往下摔落。

「浮起來，下去！」不死心的奈奈再次念出相同指令，依然什麼都沒發生。

奈奈的神力失靈了！

「怎麼會這樣！」

「果然和我想的一樣。」白狐露出一臉意料之內的表情，「曜日大人，恐怕出事了。」

「土地神還能出什麼事，白狐你別跟我開玩笑了！」即使被人遺忘，但曜日實實在在是這塊土地的守護神，無庸置疑。

白狐趕緊開口解釋，道：「來這裡的路上，我一直感應不到曜日大人的神息，多次呼喚也得不到回應，所以才有些擔心。如果不是出意外，就只剩下最後一種可能。」

「什麼可能？」奈奈追問。

「那就是回去天庭，所以神紋才會感知不到。」

白狐盯著走廊的天花板，好像這樣就能看到曜日，可是那裡除了一張張蛛網外什麼都沒有。

順著白狐的視線，奈奈只看到一支快壞掉的日光燈管，一明一滅，看了令人心焦。

「曜日果然出事了！」她很快便下了結論。

她難道還不夠了解曜日嗎，那傢伙打死都不肯上天庭，現在怎麼可能說都不說一聲就跑回去！

「白狐你為什麼可以施展法術？」

「我和黑狐在成為曜日大人的使神之前，早已修煉成精，即使不透過主人，依然能施放簡單的法術。」

宮奈奈一知半解地點點頭。

現在當務之急是盡快找到曜日，她才不相信好好的神會莫名在校園人間蒸發。

啊，還有小莓也下落不明了！

奈奈一心掛念曜日的安危，竟忘記了身為普通人的小莓。

曜日畢竟是神仙，遇上危機還有自保能力，小莓就不同了，最先擔心的應該是小莓才對。

「走吧！我們去把他們兩個找回來！」奈奈扭頭朝白狐道。

「兩個？」

「嗯！同行的還有一位女同學！」

接著，奈奈和白狐在學校逛了一圈，把他們可能去的地方都找上一遍，連角落也不放過。

被漆黑夜色籠罩的校園，所有的事物，乃至於一草一木都陷入了沉睡，要是只有奈奈一個人，絕對不敢冒然四處行走。

白天充滿活力的學校，如今，卻察覺不到一絲絲「活」的氣息。

曜日和小莓，真的失蹤了。

和白狐找了整整一個晚上，回到家時已接近午夜十二點，想當然耳劈頭就被焦急不已的父母罵翻，但奈奈的父母也算是情理中人，沒念幾句就放女兒回房就寢了。

躺在床上，奈奈輾轉難眠。手背上的神紋此刻雖好端端地躺在原處，但她知道另一頭的人已經不見了。

失眠了一夜，奈奈還是得履行學生的本分，乖乖上學。

樂樂不知道好友昨晚的遭遇，還以為奈奈是因為園遊會準備工作而熬夜。

「不會吧，奈奈妳也太認真了，美編組的進度一直領先很多不是嗎？」

「不是妳想的那樣啦……」奈奈趴在桌上有氣無力地回道。

「所以怎麼了嗎？」樂樂不解地反問。

奈奈沒有回答，只是轉頭望向最尾端的一套課桌椅。直到昨天，桌椅的主人一到下課就會仔細翻閱從圖書館借來的手作書籍，沉浸在剪紙的世界。

現在想來，一切都恍如夢境。會不會現在跑去小廟，就能看到那抹慵懶的身影靠坐在梁柱上等著她？

順著奈奈的目光看去，樂樂疑惑地說，「奈奈，妳在看什麼？那個位子一直都沒人坐啊。」

奈奈猛然回神，「沒人坐？曜日不是一直都坐在那個位子上嗎？」

「奈奈，妳怎麼了？」樂樂的目光多了幾分擔憂，「曜日……是誰啊？」

「就是曜日啊！樂樂，妳真的忘記……」

話語漸漸沒了聲音。曜日目前下落不明，神紋失去作用，如果按照曜日說的那樣，大家的記憶應該會被修改，不，正確來說是矯正回來。

他們本來就不被允許知道曜日的存在，徹底遺忘也是應該的，現在只是回歸正軌罷了。

不死心的奈奈又抓了幾個同學詢問，得到的結果卻都相同。就和樂樂一樣，他們全都不記得曜日，還反問那是誰。

這時，本該和曜日一起下落不明的小莓，竟好端端地出現了！

書包還沒放下，小莓就主動走到奈奈跟前，一臉抱歉地道：「對不起，奈奈，我昨天臨時有事先走了。我應該提前告訴妳的，但事出突然，我又沒有妳的手機號碼，妳不會生氣吧？」她雙手合十，乞求奈奈的原諒。

「什麼啊？」奈奈聽得一頭霧水，「昨天妳明明就和我還有曜日一起留下來了不是嗎？」

「我昨天放學就直接回去了，妳是不是記錯了啊？」小莓搖頭，「還有妳說的曜日是誰？」

小莓沒道理說謊騙她。奈奈咬緊下唇，腦海裡再次浮現昨日的情景。

當時她只覺得小莓整個人不太一樣，但也沒有多加留意，要怪就只能怪她警覺心太低了，才會讓對方有機可乘。

那麼，昨天跟她還有曜日共處一室的那個小莓是誰？為何要假扮成小莓的模樣接近曜日？

一股莫名的寒意沿著背脊往上竄，奈奈吞了口唾沫，捏緊拳頭，再三告誡自己千萬不能退縮。

不管對方是多麼強大的怨靈，敢在學校作怪，還任意綁架土地神，奈奈定會讓她吃不完兜著走！絕不會輕易放過她！

可是奈奈現在一點神力都沒有，充其量就只能算是偶爾可以看見那種東西的平凡人。

她想，她必須要找個後臺才行，一個論輩分、資歷、法術絕不在曜日之下的可靠後臺！

第五則

土地神大顯神威的時機要天時地利人和

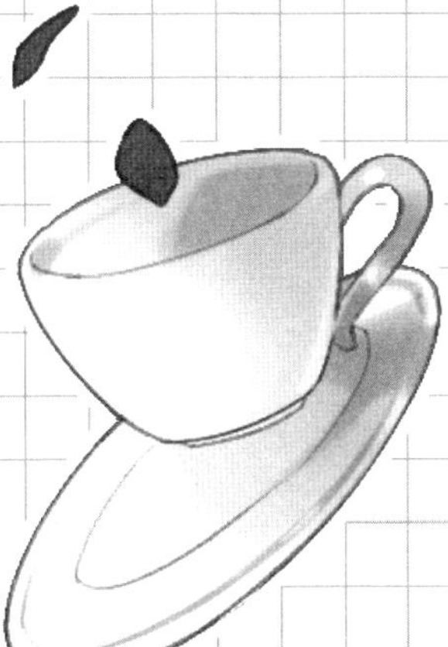

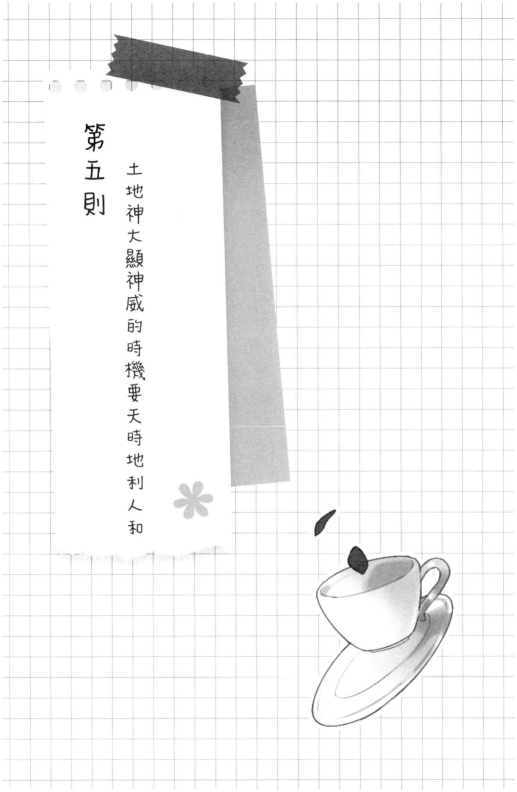

「言夜！」

放學後，奈奈直奔言夜的土地廟。

沒通知一聲就前來叨擾，奈奈知道自己有錯在先，但現在的情況讓她顧不了那麼多了。

一頭鑽向通往別院的小徑，奈奈到了廂房前，才剛推開雙扇的門扉，就一頭撞進一堵堅實的胸膛。

不用抬頭，鑽進鼻間的深沉檀香就讓她知曉對方是誰。

「言夜？」奈奈不安地抬眼望向那始終帶笑的溫和臉龐。

雙笙和連笙也在。

從他們的的表情判斷，似乎早就料到了奈奈會來。

「不行。」言夜輕輕吐出婉拒的句子。

「欸？什麼？」奈奈愣了一下，隨後發現自己還厚著臉皮賴在人家胸膛上，趕緊尷尬地移開位置。

「不行。」言夜不厭其煩地覆述，這次的口吻更加堅定。

「言夜，你已經知道了？」

「不是說了嗎，可別小看土地神的情報網！」

她從來都沒小看過啊好不好！奈奈撇撇嘴，既然知道了也好，她可以省去不少解釋的工夫。

「你不可能那麼狠心丟下曜日不管，對吧？」言夜看起來不像那種會因為私人恩怨不顧大局的人！

更何況言夜是神，應該要有無私、大愛的精神才對啊！

「唉，不是妳想的那樣。」言夜長嘆一口氣，背過身往房內深處走去。「這次的事件不是我不願幫忙，而是我心有餘而力不足。」

「什麼意思？」奈奈趕緊跟上。

雙笙和連笙識相地留在原地，目送自家主人和奈奈進入裡頭的隔間。

「我很訝異在曜日出事後，妳竟然第一個想到的是我。」

離開了雙笙和連笙的聽力範圍，言夜這才止步，轉身面對宮奈奈。

「因為你是我除了曜日之外，第一個也是唯一一個認識的神仙朋友！言夜你是個大好人，我很喜歡你！」

奈奈凝視著言夜，不假思索便脫口而出，完全沒想到方才那些話在旁人聽來簡直像在示愛。

不過這裡沒有旁人，言夜並沒有被奈奈的「熱情」嚇著。

「很喜歡我，是嗎？」言夜不禁苦笑。信奉他的信眾成千上萬，不過如此向土地神表達自己赤裸裸愛意的，這倒是頭一回。

「咦？」意識到自己說了什麼，奈奈的臉迅速漲紅，急忙擺手澄清，「不是那、那樣啦，是朋友的喜歡！」她到底說了些什麼啊！

「我明白。」言夜舉起手，制止奈奈再發言，「不過很遺憾的是，曜日的事我真的無法幫忙。」

「能告訴我原因嗎？」奈奈的心涼了半截。

「最近西區也不太平靜，平日要處理的公務增加了一倍，所以我真的愛莫能助，這點請妳諒解。」

言夜說得十分真摯，奈奈知道對方不是刻意找藉口打發她。

何況在此之前，奈奈已經受了言夜很多幫助，不能每次遇上麻煩，就非要別人幫助她。

沒錯，她不能再依靠任何人了，她必須要學會依賴自己。

「我明白了，是我不好，不應該每次都要求你幫忙，畢竟言夜也是位很忙碌的土地神啊！」

自己的學校自己救！當然她也會一起把曜日救出來！

言夜挑起了眉，「妳變得更加成熟了呢！」

「嘿嘿！」奈奈不習慣別人如此直接地稱讚自己，不禁抓了抓頭掩飾害臊。

「為了嘉勉妳，就送妳一件禮物吧！」

「還有禮物可拿？」奈奈好奇地瞠大雙眼。

「來，把手伸出來。」言夜指示。

奈奈乖乖地伸出手臂，讓言夜握住。

言夜的手就和他呈現出來的氣質一樣，既纖細又優雅，有著仙人般的脫俗氣息。奈奈咬緊下唇，努力克制住下跪膜拜的衝動。

斂起雙目，言夜空出的手在空中比劃，嘴裡低聲誦念，當咒語落定，術已成，奈奈的手腕上頓時多了一條以紅繩結束而成的手環，上面刻畫著金色的咒言。

「這是？」手環幾乎沒有重量，貼近皮膚也沒什麼觸感。

「這條手環可以保護妳，不讓妖魔鬼怪等不潔之物欺近，除此之外，還有一個功用。」言夜頓了頓，賣個關子。

「還有？」

「嗯！」言夜慎重地點頭，「它能讓妳看清事物的本質，不讓擁有者為眼前的虛假迷惑。」

「我不是很懂你的意思……」乍聽之下很有理，但其實奈奈一句都聽不懂。

「到時候妳就知道了。」

言夜笑而不答。

意外地從言夜手中得到了一件法寶，奈奈覺得自己似乎什麼都辦得到了，暫且忘卻了沒有神力的不安。

不管是白伶還是偽裝成小莓的怨靈，統統都放鬼來吧！

然而好不容易聚集起來的勇氣，卻在晚間八點進入漆黑的校園時，全部消失殆盡。

顯然，現實與幻想還有很大一段無法彌補的距離。

而且奈奈一點計劃都沒有，從家裡偷偷溜出來之後，就先與白狐黑狐他們會合，再趁著月黑風高，摸黑翻過學校的圍牆。

待雙足終於成功落地，奈奈早已滿頭大汗，在拭去額上汗水的瞬間，她才猛然意識到一件事。

雖然自己趁著四下無人溜進校園，但學校有監視器啊！

希望監視器不要裝得太過密集，她可不希望第一次入鏡，是因為這種奇怪的理由。

愣了一下，奈奈欲哭無淚地發現，這是小偷才會有的想法吧？

而且出門前她才換了一套深色的裝束，巧妙地融入夜色中，很好，她看起來更像小偷了！

不過，奈奈也確實不希望被學校警衛撞見，雖然她不是要幹什麼見不得光的事，但說出口肯定沒人會信，到時跳進黃河也洗不清嫌疑，說不定還會被抓去看精神科醫生！

看奈奈大人從落地後就沒什麼動作，白狐忍不住催促，「奈奈大人，您沒事吧？」

「是傷到腳踝了嗎？」黑狐蹲下檢視奈奈的腳，還伸出一指戳了戳。

奈奈趕緊逼迫自己回神，現在救出曜日要緊，其餘的沒空多想。

「我沒事，走吧！」彎腰拾起先一步扔過圍牆的球棒，奈奈緊緊握著這唯一的武器。

球棒可能對目前的處境沒什麼幫助，但聊勝於無，總比什麼都沒有來得好。

夜晚的校園異常安靜，偶爾微風吹過，原先靜止的樹葉便開始婆娑起舞，地上深淺不一的黑影也張牙舞爪地扭動不休。

奈奈每一步都走得十分小心，時不時會被自己激起的聲響嚇得跳起來，等到發覺是自己嚇自己後，又乾笑幾聲。

跟在後頭的的黑狐忍不住抱怨，「奈奈大人，就不能走快一點嗎！」

「白狐也這麼認為。照這樣下去，什麼時候才能救出曜日大人？」

「你們別催啊！」奈奈沒有回頭，眼睛瞪得老大，直視著前方，「不、不要忘記，我現在已經沒有神力了，現在的我就只是個普通人！」再催，她可能一步都走不動了。

奈奈帶著兩狐步上階梯，可是才走到二樓，她就覺得體力已經耗了一大半。

學校的設計很奇怪，通往各樓層的樓梯不往同一方向設立，而是隨性建造，有時往左，有時又在右邊。

有時候還要走到盡頭，才能看到下一個往上或是往下延伸的樓梯。

這是要累死誰啊！

「你們有沒有聽到什麼聲音？」

不知道是不是壓力太大的緣故，奈奈隱約覺得有一串優美的旋律正斷斷續續傳至耳畔。

兩狐一致搖頭。

「可是我真的有聽到……」

來到音樂教室門口，門理所當然地鎖上了，但聲音千真萬確就是從裡面傳出來的！

踮起腳，奈奈伸長脖子往裡頭望去，都這麼晚了，是誰還在這裡彈鋼琴？

講臺附近有一架斜放的鋼琴，一雙過於蒼白的手正盡情地留連在琴鍵上，久久無法自拔。

奈奈看得出神，一時忘記既然門是從外面鎖上的，那麼人又是如何跑到裡頭彈琴的呢。

那雙手的主人是個長髮飄逸的女生，身著學校制服。她一直低著頭，大半面容都被髮絲遮住了。

不過背影給人的感覺氣質滿分，正面應該差不到哪去。

正這麼想時，女孩像是察覺有人到來，頭微微往上仰，一雙細長鳳眼瞟了過來。

奈奈頓時屏住了呼吸。

慘淡的月光映出女孩姣好的右臉，但問題就在她左邊的臉像是被燒傷般，慘不忍睹，連肌膚紋理都清晰可見，時不時流出血水，將淨白的襯衫染上點點斑紅。

女孩注意到奈奈的目光，若有若無地扯動嘴角，結果傷口裂了開來，變成像是血盆大口。

「呀！」奈奈尖叫出聲，但音量不如她所想的有震撼力。

嗯，好吧，她也算是閱鬼無數，只是先前見到的都是模糊的影子，這麼有殺傷力的還是第一次。

默默收回目光，奈奈轉身面對被遺忘已久的白狐黑狐。

兩狐覺得奈奈的表情很古怪，看起來就像是——

「奈奈大人，您最近是不是有便祕問題，臉色看起來不太好。」黑狐天真地問。

兩狐礙於身高不夠的關係，自然無法得知方才奈奈看見的駭人畫面。

「不，比便祕更可怕啊！」起碼便祕不會讓人做噩夢。

「難不成是三個月沒大便了？」這對黑狐來說，的確是很可怕的事。

「奈奈大人，到底發生何事？」白狐不想兩人的話題總圍繞在不乾淨的事物上。

「我撞鬼了！」而且還是七大不可思議之一——音樂教室的鋼琴聲！

「嗯，我們也看見了。」兩狐看向奈奈身後，齊聲說道。

不必轉身，奈奈就能感受到一道冰冷的視線直直從背後射來。

琴聲還在繼續，本該坐在鋼琴前演奏的女孩卻不知何時來到了後方。

奈奈知道自己應該立即逃跑，無奈腦袋一片空白。

雖然她們中間隔了塊門板，但並未對女孩把手搭在奈奈的肩上造成阻礙。

「妳看得到我沒錯吧，既然看得到我，不妨留下來聽聽我的演奏！」

奈奈眼睛瞠大，渾身寒毛紛紛豎立起來。

但也多虧如此，奈奈的大腦總算能正常運作，找回人類的本能，也就是所有動物遇到危機時的本能——

逃命！

「白狐黑狐還愣著幹嘛！快跑啊！」撥開女孩搭在自己肩上的手，奈奈一邊扯開嗓子大喊，一邊用盡全力狂奔，「誰想要聽妳彈琴啊啊啊！」

在這種時刻，奈奈沒驚慌地把手中的球棒扔出去根本是個奇蹟。

使出吃奶的力氣在狹長的走廊上狂奔，奈奈心想女孩應該沒有追上來，忍不住稍微放慢了速度。

不料，女孩回應了。

「妳的意思是……我彈的琴很難聽囉？」

誰這樣說啊！不要自己亂解讀啦！吐槽之餘，奈奈忍不住回頭確認女孩的位置，只見女孩以手刀的姿態疾速狂奔，一人一鬼的差距不斷縮短。

「也跑太快了吧！不對，鬼是用跑的嗎！」奈奈驚愕，趕緊加快腳下的速度。

白狐和黑狐已經化作兩條小狐狸，四腳齊用，一左一右地跟在奈奈身旁。

「哼哼！」女孩得意的聲音從後面傳來，「我生前不只是音樂資優班的學生，還參加了田徑社！」

田徑社？其實人生不用那麼努力真的沒關係啊啊啊！

奈奈死命奔跑，眼角餘光掃到某間教室的門開了一點縫隙，便不疑有他，迅速與兩狐閃身進去，躲好。

「咦？跑到哪裡去了……不乖乖出來的話，會死得很難看唷！」

女孩用甜美的嗓音說著惡毒的話語。

隨著聲音漸行漸遠，女孩應該往另一個方向離開了。

「誰要出去啊，出去才真的死定了好不好！」奈奈小聲吐槽，左右張望一陣，發現兩狐都已變回人形，正在專注看著某樣東西。

四樓的專科教室供一般學生使用，而資優班有自己專屬的教室，且都聚集在二樓。

繼音樂資優班，他們現在又來到了美術教室嗎？奈奈一點都高興不起來。

「你們在看什麼？」冒著被女孩發現的風險，奈奈走上前一看，發現是一座巨大的石膏塑像，羅丹鼎鼎有名的沉思者。

這是學生的仿作，但依然做得栩栩如生，彷彿等等就會開口講話似的。

「這個好像會動耶。」黑狐看到新鮮的事物，忍不住用手戳了戳。

「黑狐，這個玩笑一點都不好笑。」奈奈緊張地駁斥。女孩對她造成的陰影猶在，她不想再遇上另一個校園怪談了。

奈奈這麼想著時，安靜的美術教室忽然傳出了莫名的嘆氣聲，她身子一僵，瞳孔收縮，不敢置信地看著沉思者。

窗外的月光變換了角度，投射在沉思者深邃立體的五官上，明暗交錯。沉思者長長的睫毛眨了眨，微微張開了嘴巴。

這、這難道就是傳說中美術教室的沉思者？不會吧！她有那麼衰嗎！

據晚歸的學生所言，每當經過這間教室前，都會聽到一聲悠長的嘆息，那正是沉思者在嘆氣。

「居然動了。」奈奈不可思議地低喃，這回連尖叫聲都省了。一方面是怕被女孩聽見暴露了行蹤，另一方面則是已經忘了何謂恐懼。

「小姑娘，妳不害怕我嗎？」沉思者轉動無機質的眼珠子，由上往下俯視著奈奈。他的語氣中透出淡淡鬱悶，整體感覺起來沒女孩那麼駭人。

差別可能在於沉思者的臉是完好的。

倒是兩狐驚跳起來，紛紛退至奈奈身後，與塑像保持安全距離。

「奈奈大人，您就讀的學校怎麼好多不乾淨的東西啊！」黑狐揪住奈奈的衣襬，只敢露出一雙眼睛偷瞄。

拜託！她也不想好嗎！

白狐比黑狐鎮定許多，但從他驚駭的表情判斷，大概此生沒看過如此駭人的怪物。

「不乾淨？」沉思者看了看自己，「擺放在美術教室已經那麼久了嗎，沒想到我淪落為不乾淨的東西了。」

說完，皺緊眉頭，默默地沉思。

「黑狐不是那個意思啦！」奈奈趕緊澄清，就怕沉思者不高興。

「小姑娘。」沉思者彷彿沒聽見奈奈的話，自顧自地說，「妳難道不想知道我為何沉思嗎？」

老實說，一點都不想知道！但奈奈還是配合地問，「您為什麼總是在沉思呢，沉思者先生？」一邊說著，一邊尋找空隙溜走。

不能再拖時間了，必須快點趕到四樓才行！

俯首而坐的沉思者，表情沉重地陷入沉思當中，緩緩說道：「我在思考我為什麼存在於這個世界，又是為何而存在。」

沉思者的語氣像是他想破頭也解不開這道謎題。

其實答案很簡單，他是美術教室的塑像，是之前不知道那一屆學生的作品，簡言之，就是為了課業成績而存在的！

這種問題對奈奈而言，根本就沒有思考的價值，不過沉思者看來為此花了大把的時間在糾結。

奈奈忍住直接告訴他答案的衝動，只說：「這種問題您就慢慢沉思吧，相信有一天會得到解答的，那我們就先走囉！」

她一小步一小步地往門口移動，盡量不製造出聲響，避免引來女鬼的追殺。

「那可不行。」聲調驟變，沉思者放棄了沉思，離開陪伴多年的石臺，站了起來，「好不容易碰到談得來的朋友，怎麼可能輕易放妳離開。」

誰跟你談得來啊！根本連談都還沒談過好嗎！

奈奈回過頭，映入眼簾的卻是外國人的高眺身材，體格結實健美，肌肉線條清晰可見，完美得不像是一件出自學生的作品。

但這些都不是問題，重點是他沒穿衣服啊！

連那個部位都做得栩栩如生是怎麼回事！

奈奈害羞得不知該把視線擺在哪，「沉思者先生，能請你先穿上褲子嗎，不然拿條布圍住下半身也好啊！」

沉思者不知道奈奈在尷尬什麼，他覺得一切都很美好，包括這個新來的朋友，根本不需要遮遮掩掩地破壞現在的氣氛。

「就讓我們坦誠相對吧，朋友！」

「誰想跟你坦誠相對啊！變態暴露狂！」

奈奈還沒開放到跟一個塑像鬼坦誠相對的程度！

「暴露狂？我？」沉思者似乎覺得很好笑，「小姑娘，妳懂什麼叫藝術嗎？」

沉思者持續朝他們逼近，奈奈和兩狐只得步步往牆邊退去，直到無路可退。

見奈奈沒有回答，沉思者開口了，「我是採用了現實主義的手法來表達人文主義的精神，來！一起來沉思何謂藝術的真諦吧！」

沉思者說得慷慨激昂，奈奈完全可以理解對方對藝術的熱愛，畢竟他自己不就是一件藝術品嗎！

「找到了。」

甜美的嗓音伴隨著充滿惡意的面容出現，方才那一番騷動，聲音大到都可以把地底下的死人吵醒了，更何況只是在附近徘迴不去的女孩。

前有沉思者後有女孩，兩面夾攻的局勢下，奈奈和兩狐就像是三明治中間的餡料，即將被生吞活剝了。

「奈奈大人，等數到三時，請轉身就跑！」

白胡悄聲說道，看來心裡已有了盤算。

「我知道了！」奈奈慎重地點頭。

「一、二，跑！」

根本就還沒到三啊！

奈奈轉身就跑。

與此同時，白狐將一張符紙丟入空中，符紙爆發出一陣眩目的白光。在沉思者和女孩發出警恐的哀號聲時，奈奈他們突破了包圍網，並在沒多久後找到通往三樓的階梯。

奈奈努力邁開步伐狂奔，完全沒注意到二樓梁柱後面的陰影藏著一個人。

那人靜靜地凝視著奈奈上了三樓的背影，卻不見什麼動作，只是在原處蟄伏著。

照滿一室的強力白光消退後，沉思者和女孩又怒又急，不甘到手的獵物就這麼輕易逃脫，彼此對視一眼，衝出教室時卻遇上了另一個人。

那人嘴角噙著一抹淡然的笑意，即使看見女孩和沉思者出現在眼前，也絲毫沒有驚慌恐懼的模樣。

「你是誰？」女孩不懷好意地上下打量著男人，「老師？」

「猜對了一半。」男人眸中有某種神情讓他顯得異於常人。「既然妳已經是死物了，就不該在人世間遊蕩，這違反常理。」

「少廢話！還是你也想跟我玩玩？我還沒和老師玩過呢，不知道是怎樣的感覺！」女孩興奮地咧嘴嬌笑，燒傷的半邊臉頰顯得更加猙獰了。

「可惜我的時間很寶貴。」面對女孩的要求，男人無奈地搖搖頭，「而且相信我，妳不會想跟我玩的。」

「不試試看怎麼知道！」

女孩周遭揚起一陣陰風，以驚人的速度朝男人靠近。

四目相對，男人毫無畏懼地回望，「束！」

女孩的動作猛然頓住，渾身動彈不得，往下一看，發現自身被一條鎖鍊纏住了，越是掙扎就纏繞得越緊，彷彿這條鎖鍊本身帶有生命力。

「這是什麼鬼東西！」女孩放聲尖叫。

「看妳的樣子不可能升天了，我就讓妳痛快一點，直接投胎轉世去吧。」手中握著鎖鍊的另一端，男人信步上前。

女孩終於感到不對勁，只不過她領悟得太遲，挽回不了自己即將落入的局面。

「你不是普通人！」難道是道士？但她都死去了這麼多年，學校如今才找了個臭道士對付她，有可能嗎？

男人沒有回答，臉上的表情看不出想法。只說：「這是縛鬼鍊，專門用來對付妳這種鬼東西。」

「你——」

女孩的話尚未出口，眼睛頓時瞪得老大，身體承受不住縛鬼鍊施加的壓力，終於化作消散的餘燼在層層鎖鍊中爆開，連慘叫聲都來不及出口。

學園的七大不可思議，就這麼硬生生地少了一個。

男人向來喜歡效率，絕不拖泥帶水，特別是公事，而誠如他先前承諾的，他給了一個女孩痛快。

一旦死物在人間遊蕩太久，不僅會對周圍的人帶來危害，也會導致自身難以輪迴轉世，最終永遠地滯留在人世間，哪都去不得。

那麼，對女孩而言，這或許是最好的結局了，雖然過程不太愉快。

身為另一個七大不可思議的沉思者，完全看傻了眼。

「接下來就輪到你了。」

「慢、慢著！」沉思者慌張地解釋，「我和她不一樣，我不是鬼，你總不可能讓我也投胎轉世對吧！」

明明是塑像，但行為舉止就跟人類無異，如果他是活人，現在早已焦急得滿頭是汗了吧。

「說的也是。」男人把縛鬼鍊收了起來，「不過我也不能這麼輕易就放你走。」

沉思者當即萌生逃跑的念頭，但才轉身跑了沒幾步，就聽得男人一聲令下。

「定！」

沉思者發現自己無法再前進半分，宛如言語具有魔力，穩穩地、死死地將他牢牢釘在原地。

能動的大概就只剩下沉思者的眼珠子和嘴巴了。

「凡人怎麼可能會這等法術！」沉思者大駭。

男人湊上前，以細微的聲音說道：「我有說我是凡人嗎？」

「你……」眼珠子不可置信地頻頻顫動，沉思者壓根沒想到男人不是凡人的可能性。難道是同類？

若是如此，豈有殘害同胞的道理？

「雖然你不是死物，但我也不能放任你在學校作怪。」男人不帶任何情感地說：「是個藝術品，就做好藝術品的本分吧。」

男人的一番言論，再度抹煞掉校園七大不可思議另一樁真有其事的傳聞。

沉思者再也不會發出嘆息聲，也不會到處逼迫其他人思考何謂藝術的真諦，更不會一到夜半時分就恣意走動，展現他過人的體魄和健美的身材。

沉思者就只會是一件靜靜待在美術班教室一隅、沉浸在思緒中的藝術品。

「呼……呼……」奈奈氣喘吁吁地倒臥在樓梯旁。

本該一路衝到四樓，但她全身虛脫，實在沒力氣與長長的樓梯再戰。

艱難地嚥下一口唾沫，奈奈抬首，望著漫長不見盡頭的樓梯。

她一邊認命地向上爬，一邊不可思議地心想：三樓銜接四樓的樓梯有這麼長嗎？她不常來這裡，但學校每棟大樓的格局都差不了多少，這座樓梯怎麼……

別說十幾階了，根本是幾百、幾千階了吧！要想搞死學生也不是這樣的啊！

當奈奈終於爬上樓梯平臺時，已經是二十分鐘過後的事情了。她隨意地把球棒往角落一扔，疲憊得只想與兩狐好好歇息，剩下的事情之後再處理。

「一個、兩個、三個……」

悠悠的聲音飄進耳裡，奈奈繃緊了神經，有種不好的預感。

朝通往四樓的樓梯看去，一個戴著粗框眼鏡的男生站在樓梯上，彎著腰，像是在找東西。他口中反覆念著不知所謂的句子，雙手在什麼都沒有樓梯上撿拾著，不停重複著一樣的動作，反覆循環。

這樣看似正常又散發詭譎氣息的一幕，讓奈奈心中疑惑驟生，不明白這個時間點怎麼會有其他人。

那個男生像是沒察覺到旁邊有人，抑或有發覺但不在意，總之他只是一心一意地重複同樣的動作。

「是靈。」白狐馬上猜出男生的來歷。

這樣一說，總算解開了奈奈心中的困惑。

仔細看的話，其實能發現男生整個人透出淡淡的白光，輪廓也有點模糊，但他為什麼會在這裡，又在這裡做什麼？

腦中靈光一閃，一則七大不可思議就在腦海浮現——數階梯的樓梯子。

奈奈萬萬沒想到的是，樓梯子居然真的是個男的！

「奈奈大人。」白狐湊了過來，「樓梯看似無止境，或許就是他搞的鬼。」

「那現在怎麼辦？」

「找他談談啊！或許能知道他遇上什麼事情！」黑狐在一旁插嘴。

「你以為是心理諮商啊！」奈奈拚命搖頭，「而且對方是鬼，鬼還能有什麼麻煩事！」

講到鬼時，奈奈不自覺地放輕了口氣，深怕對方會注意到她的存在。

「這個靈很可能是在重複生前最後在做的事情。」

看了半晌，白狐終於下了一句精闢的結論。

「所以只要找他談談就好了嗎？」男生的位置就擋在通往四樓的階梯正中央，根本不可能無視他強行通過。「所以誰要去？」雖然奈奈心底隱約有了答案，但有問有機會嘛！

兩狐沒答腔，只是靜靜注視著宮奈奈。

「……好，我去！」只能說一點都不意外。

在心裡悲嘆自己的人生如何地不順遂，還得跟鬼打交道後，奈奈起身，硬著頭皮朝男生的方向走去。

隨著距離縮短，男生的身影看起來又淡薄了幾分，似乎隨時有可能消散在空氣中。

奈奈猶豫著不知該如何開口，「那個……」

聲音細如蚊蚋，連本人都聽不太清楚，男生卻奇蹟似地聽見了。

他終於停下動作，轉頭往奈奈的方向看去。

在四目相接的瞬間，男生的臉孔倏地變化，頭頂破了個大洞，深色的液體涔涔流下，眼睛微微上吊，忠實呈現他當時的死狀。

奈奈強自鎮定，盡量不讓男生察覺到她有多害怕。

反正不管男生死狀有多淒慘，比起女孩還是小巫見大巫，完全不值得一提。

「你是這裡的學生嗎？」

見奈奈神態自若地與自己搭話，男生撇了撇嘴，臉也回復成最初見到的那個樣貌。

「妳有看到我掉的東西嗎?為什麼我怎麼找就是找不到！」他說著，淚水在眼眶打轉，焦急得都快哭出來了。

男生穿著舊式制服，胸前只繡了就讀的班級，沒有名字，看來是高一的小學弟，但不知道是多少年前的學弟就是了……

奈奈連忙安撫對方，「別急，先說你在找什麼，學姐可以幫你一起找。」

「學姐？」男生看著奈奈的便服。

「是啊，我也就讀這間學校，目前高二，當然算是你的學姐！」

同學校的好處之一就是可以裝熟攀關係！

學弟恍然大悟地點點頭，開始說起他遺落東西的經過。

「今天是我之前一直關注的遊戲片發售日，我錢都存好了，就是為了等這一天！因為是限量發行，無論如何我都要搶到手！」

學弟說的「今天」，想必就是他死去的那一天，而他的時間從此再也沒有前進過。

「放學鐘聲一響，我就拿著存好的錢衝往校門口。」學弟一臉哀淒地說，「結果在下樓梯時，零錢撒了一地，我忙著撿錢卻不小心拐到腳，從樓梯上摔了下去。」

結果就摔死了是嗎。奈奈對這則故事不知道該表示同情還是無言，後者可能比較多一些。

「等我回過神來，我就在這裡了。」學弟的話還沒結束，「但是我的錢怎麼找也找不著了，明明還差一點點就可以買到遊戲片。」

那是一定的吧！更何況就算現在湊齊錢，也買不到遊戲片了！奈奈努力克制想吐槽的嘴巴，只是點點頭，表示她明白了事情的始末。

誰能想得到呢，樓梯子不是在數階梯，而是在數遺落了多少枚銅板。知道了七大不可思議之一的祕密，奈奈也高興不起來。

照這個樣子看來，男生顯然不知道自己已經往生了，所以每晚都在樓梯徘徊，日復一日，直到錢湊齊了為止。

「這樣的情況也不算少見啦……」奈奈有耳聞過，有些亡靈不知道自己已經死亡了，直到有人告知才意會過來。

「學姐，妳說什麼？」學弟古怪地瞥了奈奈一眼。

「沒什麼。你還差多少錢？我幫你一起找吧！」說著，奈奈挽起袖子，作勢幫忙一起找。

「學姐，妳真是個好人！」男生破涕為笑，又開始重覆先前的行為。

莫名被鬼發了一張好人卡，奈奈苦笑數聲，刻意模仿學弟的動作，在空無一物的階梯撈著空氣。

「還差五十元，只要再五十元就可以買到遊戲片了！」只要想到夢寐以求的遊戲即將到手，學弟就忍不住露出開心的笑容。

所以，還差五十元是嗎。

奈奈背對學弟，伸手進外套口袋摸索自己還剩下多少錢。

今晚出來得匆忙，她沒帶錢包出來，但應該多多少少有點零錢。

摸索了一陣，指尖傳來硬物的觸感，奈奈一喜，簡直是天助我也！這大小和重量不多不少正好就是五十元整。

奈奈從來都沒有像今天那麼感謝五十元的存在！

「啊，找到了！」奈奈先是驚呼一聲，而後才將自己的五十元硬幣遞給學弟，「來，這是你的五十元，沒錯吧！要好好收著，別再搞丟了！」

奈奈覺得自己的演技實在太浮誇了，心虛之餘，還不忘像個學姐仔細叮嚀。

學弟絲毫沒察覺哪裡不對，不可置信地接過錢幣，眼眶一濕，流下感動的淚水。

「我終於可以買了嗎？」他喃喃自問著。

「嗯，可以買了喔！」奈奈給了他一個鼓勵的微笑。

就在此時，一陣強光自上方灑落，將學弟整個人籠罩其中。他不閃也不躲，反而很舒適自在的樣子。

時候到了。

手中緊緊握著奈奈給的五十元硬幣，學弟露出滿足的表情，幾秒間就消失無蹤了。

五十元銅板無法跟隨新主人離開，鏗然落地，奈奈走過去撿起來時，還不明白到底發生了什麼事情。

「他已經走了。」白狐走了過來，將球棒遞還給奈奈。

奈奈赫然發覺學弟一離開，樓梯隨即恢復了原貌，原本幾千階的階梯只是幻影。

「白狐，你說他會去哪裡啊？」奈奈雖然看得到鬼，甚至和各路神明打交道，但對於這個世界，有很多部分都還是一知半解。

沒辦法嘛，畢竟在神界，她的資歷比菜鳥還不如。

「大概是升天找個好人家投胎去了吧。」白狐聳肩。人死後有很多去處，至於是好是壞，端看生前的造化。

好人投胎轉世，壞人就下地獄，成了孤魂野鬼的例子也不是沒有，就是如此簡單的選擇題。

「嗚嗚，太感人了！希望那個男生下輩子能如願買到遊戲片！」黑狐感動得熱淚盈眶，吸著鼻子，小小的臉蛋漲得通紅。

「這很感動嗎？」奈奈不解。

白狐只回應了一聲，「蠢。」就開始走向通往四樓的樓梯。

奈奈乾笑，的確，為了遊戲片而意外身亡這點確實讓人難以接受，不過能這麼直接表達自己想法的，大概就只有白狐了吧。

「奈奈大人，已經拖延很多時間了，快走吧！」白狐站在通往四樓的樓梯口，正在等待他們。

「喔喔！黑狐我們走吧！」

急急忙忙應了一聲，奈奈和黑狐趕緊跟上。

這次沒再出現鬼打牆的狀況，他們很順利地來到了四樓。

平時就靜悄悄的樓層，如今更是增添了死亡的氣息。

奈奈一行人趁著月色偷偷摸進這裡，看到叫天天不靈、叫地也都不會有人回應的氣氛時，心裡難免七上八下的。

被奈奈緊張的情緒感染，白狐和黑狐也不敢大意，走起路來小心翼翼，就怕一個閃神會吵醒什麼。

當他們一路相安無事地來到盡頭，走至廁所前面依然什麼事情都沒有發生。

暴風雨前的寧靜。

「不會再有什麼七大不可思議衝出來了吧？不對，現在應該只能算六大不可思議。」

因為剛剛其中之一就在她面前升天去了。

「好，走吧！」

握緊手中的球棒，奈奈忽地一喝，也不怕引起警衛注意，一馬當先走了進去。

白狐和黑狐也想跟上，沒想到卻被廁所門口預先設置的一道隱形屏障擋在了門外。

眼睜睜看著奈奈漸行漸遠，消失到另一個世界，無論兩狐如何叫喚，聲音都無法傳遞過去。

「是結界！」黑狐用小爪子敲打結界，立刻被一股反彈的力道震開，「怎麼辦？」他看著白狐，拿不定主意。

「的確有點棘手。」白狐試著突破這道隱形的屏障，但軟硬皆施，依然不見成效。

起初他想不透奈奈為什麼能進入結界，後來才想到，喪失神力的奈奈，如今只是一個普通人而已。

結界對凡人起不了作用。

「肚子好餓啊！」黑狐很快就放棄了，「白狐，你說我們能救回曜日大人嗎？」

「不知道。」白狐也沒有答案，「只憑我們的力量打不破這個結界，必須有一股更為強大的力量才行。」

「強大的力量？」

「嗯，最好是神級。」如果是全盛時期的曜日大人在場……

白狐低下頭思考沒多久，就聽一聲呼喝從旁傳來。

「讓開。」

下意識地聽話退開，白狐和黑狐不可思議地看著原本固若金湯的結界，與不知從哪來的攻擊相撞過後，產生了無數如蛛網般的裂痕，最終承受不住，碎裂一地，消失。

結界被打破了！

白狐的驚愕還沒消除，黑暗中就傳來一陣腳步聲，且聽起來似乎不只一人。

不知對方是敵是友，黑狐害怕地躲在白狐背後。白狐雖然沒有面露畏懼之色，但心底多少有些不安。

待對方自黑影中現身，白狐微微瞠大眼，不可置信地看著理應不會在此出現的三人。

「您怎麼……」

那人只是比了個噤聲的手勢，示意兩狐跟著他，便與身後的另外兩人走進廁所，遁入鏡中世界。

「這裡是什麼地方啊？」

從廁所出來後，奈奈就覺得很不對勁，有種陌生感在心中不停盪漾。她可以很肯定地說，這裡不是她的學校，雖然看似相同，但很多地方都變了。

而且兩狐不知道什麼時候不見了，現在只剩她一人孤軍奮戰。

直到經過一面告示牌，奈奈終於知道問題的癥結所在。

告示牌上的警示標語雖然字體相同，順序也一致，卻左右相反。

這裡的一切都是左右顛倒的。

「難道這裡是鏡中世界？」目前也只有這個可能。

奈奈依稀記得自己進入廁所，但如何誤入鏡中世界，她怎麼也想不起來。

此時，一隻手輕快地點了點奈奈的背，「奈奈，妳在這做什麼啊？」

轉過身，映入眼簾的是那張熟悉又帶點稚氣的臉龐，奈奈頓時卸下心防，「曜日！你還敢問我在這裡幹嘛，當然是來救你的啊！」

「救我？」偏過頭，曜日不解地說，「我好端端的，為什麼需要妳救？」

「你不見了一整天，知道我們有多著急嗎！」奈奈很生氣，都這個時候了，曜日還一副滿不在乎的樣子。「算了，有話之後再說，我們先離開這裡吧！」

她拉起曜日的手，就往廁所的方向跑。

「對了，曜日，你知道離開鏡中世界的方法嗎？」

然而曜日什麼都沒說，只是輕輕掙脫奈奈的手心，順著原路往回走。

「曜日？」

「鏡中世界有什麼不好？」曜日頭都沒回，淡淡地說：「這裡沒有煩人的公務，也不用一天到晚開會，想做什麼就做什麼，我才不想回去。」

「這是你的真心話嗎？」奈奈定在原地，愣愣地看著曜日，「白狐和黑狐怎麼辦？他們一直都在等你回來啊！」

「不用管他們。」曜日的語氣冷冰冰的，面帶不屑，「老實說，我早就受夠他們兩個了！」

「喔，是嗎？」奈奈不明白這到底是怎麼回事，只覺得有一股怒火在胸中燃燒，「既然你不在乎我們，我們又何必在乎你？你愛怎樣就怎樣吧！」

她決絕地轉身，大步離開。不需要依靠曜日，她自己人也能找出回到原來世界的出口！一定能！

「奈奈，留下來和我一起待在鏡中的世界吧！就我們兩個人，直到永遠，好嗎？」曜日在後頭誠摯地呼喊，期盼奈奈能回心轉意。

等等！走到一半，奈奈猛然收住步伐。

剛剛她被氣昏頭了才沒能察覺出來，真正的曜日是會說這種話的人嗎？

雖然曜日有時候很討人厭沒錯，常常會耍小孩脾氣，但僅止於此，還不至於不知輕重。

垂頭苦思之際，一抹紅色的影子晃入視線邊緣，引起她的注意。

她怎麼忘了呢！奈奈舉起繫在手腕上的手環。

「可以讓妳看清事情的本質。」言夜的話語透過奈奈的嘴，又重新覆述了一遍。

言夜說的「本質」是什麼？是指人的內心嗎？如果說，與她對話的從來都不是她以為的那個人呢……

這麼想著，奈奈便打定主意折返回去，轉眼間就來到曜日面前。

「奈奈，妳改變主意了嗎！」見奈奈又回頭來找自己，曜日欣喜若狂地揚起聲調。

「我確實改變主意了。」奈奈不動聲色地說道，「但是，先讓我看看你的本質再說吧！」她伸出繫著手環的那隻手，碰觸對方的身體。

「曜日」反應不及，等意識到時已經晚了一步。

藉著手環的靈力，奈奈看到了，看到曜日的本質，以及偽裝成曜日的是什麼東西。

果然不出所料，這個曜日是假的！

「妳是一面鏡子，專門反射與真相相反的人事物。怎麼樣，我沒說錯吧？」謎底揭曉，假曜日的臉上突然現出無數裂痕，一片片剝落，露出了底下的黑洞。

「既然妳知道了，就和我先前拉進來的兩個人一起待在鏡中的世界吧！」假曜日聲音驟變，轉成尖銳的女聲。

兩個人？難道說是曜日和白伶？

還沒反應過來，假曜日就頂著那張毀壞了一半的臉欺近奈奈，伸出不斷湧出黑氣的手想要抓住她。

奈奈反手撥開，轉身逃開了幾步，卻一個踉蹌，忽然摔個狗吃屎。低頭一看，她的腳不知何時被黑氣纏住了，將她直直向後拖去。

假曜日此時早已變成了一團爭騰著黑氣的怪物，時不時飄出怨念、嫉妒、不甘、憤恨、焦慮的低喃，儼然就是一個負面情緒的集合體。

奈奈心想，要是被拖入那團黑氣，人生該會變得多麼黯淡無光啊！不對，還有沒有命活下來都不一定呢！

「不要過來！」眼看雙方越來愈接近，奈奈反射性地抬起繫有手環的手臂抵擋。

黑氣登時退開，小心翼翼地在手環附近游移，不敢輕易接近。

這條手環顯然是黑氣的剋星，讓奈奈感到又驚又喜，她在心裡對自己承諾，如果有命回去，一定會多添點香油錢給言夜！

一人一怪就這麼遙遙相望數分鐘之久，奈奈抱持著敵不動我不動的心念，僵局持續不下。

隨著時間分分秒秒流逝，對方察覺了奈奈只能防禦不能攻擊這項弱點。

「妳以為我不能靠近，就無法攻擊妳了嗎？真是太天真了。」

「有話好說啊，傷害我對妳沒什麼好處的，不如讓我們敞開心胸坐下來談談吧。」奈奈故作鎮定，一派從容地說，「更何況妳應該不想嘗嘗被火焰燒灼的痛苦吧，我的手環可是神器，專門對付妳這種不是人的鬼東西……」說到最後，聲音越來越心虛。

「廢話少說！」

話音甫落，黑氣洶湧翻騰，逐漸凝聚成一個人的樣貌。站在奈奈面前的是一位與她年紀相仿的少女，身上穿著不知道幾年前的制服，百褶裙無風自動，陰風慘淡，寒意陣陣。

樣貌清秀的少女毫無生氣可言，整張臉被一雙鮮紅似血的眼睛占據了大半。

奈奈嚥了口口水，不自覺地往後退。

手一翻，少女手上突然出現一根球棒，正是奈奈帶進來的那支！她不由分說舉起球棒，狠狠往一旁的教室窗戶砸去。

玻璃碎片四濺，逼得奈奈只能伏低身子，以手護頭，但身上還是多出了幾道傷口。

「妳幹嘛啊，很危險妳知不知道！」奈奈忍不住破口大罵。

幸好這裡只是鏡中世界，如果在現實造成同等損害，隔天不知道會在學校引起多大的風波。

「無法接近妳，我一樣能置妳於死地！」少女壞心眼地笑著。

好吧，她成功了，言夜送的手環無法抵擋物理性攻擊。

奈奈感到非常不爽。

「妳就是那個女學生吧？」抖落身上的玻璃碎片，奈奈搖搖晃晃地起身，腦海裡忽然浮現關於四樓廁所的七大不可思議。

「喔，妳說那傢伙啊。」少女聳了聳肩，「吃掉了。」

聽到少女過於直接的答覆，奈奈驚得下巴都快掉下來，「吃、吃掉了？」

「是那傢伙自己不好，還在幻想讓暗戀的對象喜歡自己，真是個笨蛋！」少女不留情面地嘲笑。

「那白伶和曜日呢？該不會也被妳吃掉了吧？」奈奈緊接著問。

「還沒。」少女舔了舔殷紅的嘴唇，「不過就快了。」

「妳的目的是什麼？」深吸口氣，奈奈告誡自己一定要鎮定，曜日他們的性命就掌握在她的手中。「據我所知，妳並不是死去的靈魂，而是怨念的聚合體，妳真正想要的是什麼？」

少女挑眉，「既然妳都知道了，我也沒什麼好否認。我和白伶達成了交易。」

果然是這個樣子。

「她和妳說了些什麼？妳不可能白白答應她的要求吧。」

「我讓她喜歡的人，也變得喜歡她。」少女愉悅地說著，「那幾日我偽裝成她的樣子，周圍居然沒有一個人察覺出異樣，真是可笑！不過也多虧如此，我玩得很高興。」

「這麼說來，體育課還有廁所那次，全部都是妳囉！」一幕幕景像躍入腦海，先前怎麼都想不透的事情，在一瞬間全都有了解答。

奈奈的後頸一陣發麻，全身多處都起了雞皮疙瘩。

既然對方有幻化成任何人的本事，那麼昨天放學後，小莓也必然是她假扮的。

「代價呢？妳還沒說白伶要付出的代價是什麼。」

「我替她達成心中所願，她也要完成我的願望，代替我留在鏡中世界，而我則會完全取代她，永遠以她的身分活著。」少女一字一字，清晰無比地說著。

這、這不就是傳說中的抓交替嗎？奈奈不知道自己該抱有何種想法，事實上，她的大腦空白了好幾秒，隨即就被曜日和白伶被吃掉的畫面占滿。

奈奈猛力甩頭，將那些不請自來的畫面趕出腦海，好不容易才找回自己的聲音，「白伶不知道吧妳要她付出的代價吧。」

「不知道又如何？交易已經成立，任誰都無法改變！」

少女就是要白伶代替她待在這裡，一個虛幻但一成不變的世界，而她就能以另一種身分活著，遊走在人世間。

少女不是鬼，起初只是面鏡子，那些為情所困的少女們充滿悔恨、不甘的字句塑造了她。為了能早一點脫離鏡中的世界，她至今吃掉了許多人，藉此壯大自己的力量，如今就只剩一步。

再一點點……她就自由了，就真正地活著！

事到如今，她不能讓任何人破壞掉她長久以來的願望！

看著少女手持球棒緩步接近，奈奈立即轉身逃往三樓。

少女並未追趕，維持著既有步調，像是把握十足，也彷彿在享受追逐的樂趣。

奈奈跌跌撞撞地奔跑，一路上不停呼喚著曜日和白伶的名字，可是都沒有任何回應，只能聽到自己的喘氣聲，與因急促奔跑而不規律的心跳聲。

猝不及防地，奈奈不知道碰到了什麼東西，當她停下來查看時，眼裡湧現的盡是絕望。

少女就站在她面前，而映襯著少女的背景，正是她剛剛跟少女對峙的地方。

這裡是四樓。

奈奈啞口無言，虧她前面跑得那麼賣力，到最後只是繞了一大圈，再度回到原點。

「妳是怎麼辦到的？」

「這是我的世界，扭曲空間對我而言輕而易舉。」少女充滿自信地回答。

「這麼說也是啦……」奈奈只能乾笑，接著轉身就往相反的方向狂奔。

然而少女厭倦了你追我趕的無聊遊戲，這次不會再讓她從自己的眼皮底下溜走了。

一道影子從少女手中飛出，球棒不偏不倚砸中奈奈的後腦勺。劇烈的痛楚擴散開來，奈奈眼前一黑，一個踉蹌跪倒在地上。

不行，她不能就這樣倒下，曜日還在等著她……

拜託！她可是代理土地神耶！人家不是說邪不勝正嗎，怎麼能這樣就被打敗！

視野逐漸恢復清明，一度渙散的意識漸漸集中，奈奈回過頭，眼睜睜看著少女幾乎足不落地地朝自己衝來。

「曜日，我需要你。」奈奈下意識地脫口而出。

一道不知從何處而來的白光迸現，將半空中的少女打到一旁。

少女撞破窗戶，玻璃碎裂的聲音此起彼落，她卻安然無恙地立足在那些殘骸之上，怒氣沖沖地轉頭瞪視來人。

狹長的走廊上突然多出了好幾道腳步聲。

「曜日？」奈奈疑惑地看向聲源。

來人不是曜日，而是兩隻毛茸茸的小狐狸，牠們輕輕一躍，隨即轉換成人形，一白一黑，一左一右地護在奈奈身側。

他們不只是曜日的使神，同時也是奈奈的使神。

「白狐黑狐！」奈奈驚喜地眨眼。果然是曜日來了嗎？

然而出現眼前的面龐，卻是對奈奈而言相對熟悉又陌生的人。

「墨遙老師？」

出現在奈奈等人面前的，正是新來的代課老師墨遙。

讓奈奈疑惑的不只是他為何會現身於此，更因為他身上的裝束，不是白天所見的襯衫搭配西裝褲，而是一副古人的打扮。

所以說，他果然也是……

有別於言夜溫文儒雅的書生氣質，墨遙拘謹得多，整體以暗色系為主，頭上梳個高高的髮髻，並以頭冠飾之。

「妳就是奈奈大人？」跟在墨遙身後的其中一名少年，好奇地打量奈奈。

「沒想到連我們家大人都不知道，看來東區果真不怎麼樣。」另一名有著明亮眼神的少年，態度輕蔑地說道。

「曇流、樺流，休得無禮！」

名喚曇流、樺流的少年不再多言，目光低垂，乖乖退至後方，等待下一步指示。

「還沒正式向妳自我介紹，宮奈奈。」墨遙總算將視線放到奈奈身上。

聽到自己的名字，奈奈顧不得身上的疼痛，在兩狐的攙扶下勉強站了起來。

「我是南區的土地神，棠華。」

真相霎時大白了，墨遙從來就不是什麼歷史代課老師，而是土地神棠華。

「之後有什麼話再說吧。」棠華知道奈奈有很多問題想問，「先解決這邊的事情。」

墨遙老師，不，是南區土地神棠華語罷，便嚴肅地轉向從剛才起就被晾在一旁的少女。

一股陰風旋起，少女表情猙獰，狂笑不止。

頃刻間，原本熟悉的環境消失了，取而代之的是一個什麼都沒有的空間，完全的虛無。

「沒想到又來了一個神。你想像之前那傢伙一樣，被我關在鏡中世界嗎？」

「請別將我與他相提並論。」少女那頭狂風大作，而棠華與兩位少年則彷若站在無風的空間，連髮絲都絲毫未動。「那個笨蛋自己闖出來的禍，我可沒興趣替他收拾，給他吃點苦頭也只是剛好而已。」

棠華口中的笨蛋應該是指曜日吧……

奈奈暗自慶幸好險曜日不在現場，沒聽到那些酸他的言語，同時遠離暴風中心，能閃多遠就多遠。

少女的笑聲倏然停止，「你不是來救他的？」

「我從來沒這樣說過。」棠華聳肩，「我的目標只有妳。我原想放妳一馬，但妳至今害的人太多，再饒恕妳的話，天理難容。如果妳乖乖——」

「別廢話！」少女以高亢的嗓音打斷棠華，陰風頓時化做無形利刃，往棠華等人襲捲而去。

棠華手掌平伸，一股暖風滌盪開來，致命的陰風竟成了溫柔的微風從他們身旁拂過，像隻溫順的小貓咪。

少女招來更多陰風，瘋狂地攻擊，然而絲毫傷不了棠華半分。

「就只是這種程度嗎。」棠華有些失望。

少女驚恐地睜大眼，看起來頗為無助。

「早知如此，何必當初呢。」棠華緩步走近，「如果妳乖乖跟我回去，並洗心革面，我說不定還能替妳求個情。」

少女沒給予任何正面的回應，只是驀地撲在棠華身上，抱住他的腰。

將這幕盡收眼底的奈奈等人，無不是嘴巴大張，搞不清楚現在是什麼情況。

「妳！快點放開我家大人！」首先回過神來的樺流，劈頭就是一陣痛罵，恨得咬牙切齒。

「我們家大人神聖不可侵犯，就算要抱也是我們先，哪輪得到妳這個妖怪！」曇流立即跟進。

棠華臉上閃過一絲慌亂的情緒，就連他也是頭一次遇到這種突發狀況。他想將少女推開，但少女抓得很緊，死都不肯鬆手。

情急之下，棠華反手一掌正欲打在少女身上，卻突然收住了手。

「這樣你還狠得下心打我嗎？」聲音變成截然不同的女聲，少女的臉不知何時換成了白伶的臉蛋。

少女的前身是面鏡子，想反射成誰的樣子都易如反掌，不過她只能映照出曾經與她打過照面的人。

棠華猶疑了幾秒，因為他不敢確定這是不是真的白伶，抑或只是少女欺騙他的技倆。

少女見有機可乘，像川劇變臉般，迅速換了下一張臉孔。

一看到那張討人厭的臉，原本猶疑不決的棠華立刻下定了決心，幾乎是反射性地一掌打在少女額上。

那張如今成了曜日的臉龐痛苦地扭曲著，額上傳來火辣辣的燒灼痛楚。

「為什麼，你竟然能這麼狠心？」

少女鬆開手，踉蹌著往後退了好幾步。

奈奈忍不住倒抽了口氣，少女的面容像是被強酸腐蝕過一般，整張臉殘缺不堪，再也無法隨意換成別人的臉孔了。

「妳變成白伶時，我的確遲疑了幾秒，但要怪就怪妳接下來換的那張臉。」

「什麼意思？」那張臉出了什麼問題？少女不明白。

「那張臉不知道為什麼看了就令人火大呢。」

棠華皮笑肉不笑地應道。

曜日，你到底有多惹人厭啊！不知道同事間要好好相處，彼此相親相愛嗎？不是叫你跟人家相恨相殺啊！奈奈無奈地扶額嘆氣。

「縛鬼鍊。」張唇輕念，咒言落下之時，縛鬼鍊已然生成，緊緊綑住少女，限制其行動。

「這是什麼？」顫抖著聲音，少女顯得既困惑又恐懼。

「還用得著問嗎，當然是不得了的法寶！」棠華都還沒開口，樺流就主動將話接了過來，而且一臉得意，「這可是我們大人費盡千辛萬苦、幾經波折歷才……」

「借來的。」曇流順勢將話搶了過來，「想知道是從哪借來的？也不是不能告訴妳啦。我們主人只是小小的土地神，捉妖驅鬼本來就不是強項，所以這項法寶是跟……」

「咳咳！」棠華咳了數聲，示意曇流不可多嘴。

「妳還有什麼話要說嗎？」棠華想再給少女一次回頭的機會。

「我想做人有何錯之有！是那些人不好，她們的負面情感賦予了我生命，她們才應該付出代價！」死到臨頭了，少女仍不願罷休，辜負了棠華的一片好意。

「看來不能再留妳了。」棠華搖頭歎息。

「愚蠢的神，你們才應該統統消失，哈哈哈！」不知道是不是放棄了求生的念頭，少女的神情越顯瘋狂，笑聲迴盪在靜謐的空間裡，連餘音都令人生寒。

「曇流、樺流！」

一聲令下，曇流和樺流分別站到少女兩側，與棠華形成無堅不摧的三角陣法，將少女連同身上纏得死緊的縛鬼鍊圍在陣法中央。

三人站定位置，熟練地吐出以咒組成的句子，搭配繁複多變的手勢。

萬事具備，陣法隨即發出炫目白光。

「去！」三人同聲。

少女拚了命地掙扎，但最終只是在本體逝去之前露出一抹哀傷的表情，便徹底消逝，化為虛無。

同時，由少女建構的鏡中世界少了支撐的力量，開始迅速崩塌剝落。

「快，這地方即將崩潰，要趕緊出去才行！」

鏡子組成的空間劇烈搖晃，蜘蛛網般的裂痕四處橫生，崩壞的速度每一秒都在加快。

他們必須和時間賽跑。

奈奈很快就找到了通往現實世界的出口，接著不幸的後腦勺又被某樣東西給撞擊。她後知後覺地想起球棒還留在鏡子裡的世界，不過那些都不重要了，因為她隨即眼前一黑，熟悉的感覺再度浮現，兩眼翻白失去了意識。

奈奈醒來時打了個哆嗦，濕滑的瓷磚和透出的寒氣，讓她覺得廁所真不是人待的地方。

今天第二次遭到撞擊的後腦勺明顯腫了一個包，奈奈欲哭無淚地坐起身，默默感嘆自己怎麼這麼倒楣，才轉頭查看天花板和周遭環境。

她相當確定這是四樓的廁所。

他們最終還是在空間崩毀的前一刻逃了出來，身旁的兩狐也似乎沒什麼大礙。

看著兩隻可愛的小狐狸，遺忘許久的事情終於在奈奈腦海裡浮現。

「曜日！」她焦急地四下尋找那抹熟悉的身影，終於在不遠處發現了一個倒在地上的少年。

兩狐先一步趕了過去，奈奈不顧自己身上還帶著傷，急忙趕至曜日身邊。

本想查看對方的傷勢，但一看到曜日額上明顯隆起的腫包，出口的話語隨即轉成了破口大罵。

「好樣的！原來剛剛就是你撞到我的頭，還想裝死啊！曜日，給我起來！」

曜日依然眼睛緊閉，一點反應都沒有。

啊咧，不會是真的死了吧？不對，他可是神明啊，哪有那麼容易就升天，更何況他早就升天了不是嗎？

奈奈還在猶豫時，黑狐當機立斷，鼓起雙頰、嘟起小嘴，準備跟曜日來個嘴對嘴人工呼吸。

就在此時，曜日的睫毛輕顫，掀開眼簾見到的第一幕就是逐漸放大再放大的小嘴。

曜日呆呆看了好幾秒，然後才推開黑狐的小臉。

「黑狐，你在幹嘛！」

「咦？凡人的吸匹啊真是有效，我還沒吸到，曜日大人就醒過來了！」黑狐雖然一臉莫名其妙，但很高興吸匹啊起了神奇的功效。

什麼吸匹啊，是CPR吧。奈奈默默在心裡吐槽。

不過總歸一句，曜日能醒來真是太好了，她還擔心他會一直躺在地上裝死呢。

「吸你個頭！」曜日坐起身，看了看奈奈他們，一臉疑惑，「怪了，我為什麼會在這裡？我明明是陪小莓拿東西，然後……怎麼什麼都想不起來了？」

除了頭上那個腫包還有遺失了一小段記憶，曜日似乎沒什麼大礙，奈奈總算能放心了。至於白伶則好端端地躺在別處，應該也沒有太大的問題。

只是幫助大家平安離開鏡中世界的大功臣，此時卻只剩下遠遠的背影。

奈奈匆忙起身追了過去，「等等！」

棠華等人停下腳步，卻未見回頭的打算。

「這次真的很感謝您，墨遙老師，不，應該要稱您棠華才對。」奈奈難為情地搔搔頭，不知道該從哪起頭，又該以怎樣的方式結尾。

「感謝的話無須多言。」棠華一貫沉穩的嗓音傳來，「這間學校正好位於四區交界，我只是盡我的本分。」

「曜日那傢伙不知道是如何得罪您的，但我代替他謝謝您一聲，您的大恩大得我們謹記於心。」

奈奈與曜日不同，她認為同事之間應該要好好相處，這樣只有好處沒有壞處。不過至今她還是無法接受代課老師是南區土地神這項事實，班上那些女同學知道了肯定晴天霹靂。

「妳多心了，我和東區的土地神沒有什麼過節，只是單純對某個常無故缺席共同會議的傢伙感到不悅而已。」

語落，棠華等人就連同一陣不知從哪吹來的疾風而消失，空氣中隱約殘留一抹獨特的淡淡清香。

「缺席？」

「四區共同會議是由南區土地神主持，每次都是由我和黑狐代替曜日大人出席，但這次會議取消了，主要是因為曜日大人決意不出席。」

「取消？曜日不是每次都藉故不去嗎？」

「大人前幾年起碼會出席個幾次，再不然就是由我和黑狐代班，但近年來東區的業績不太好，加上今年曜日大人更是希望直接把會議取消，才會惹得棠華大人如此不快。」不知何時來到奈奈身旁的白狐，望著棠華離去的方向，這樣說道。

「啊，也難怪棠華會那麼火大。」奈奈理解地點點頭。

總之，今夜總算是平安落幕，完美收場——如果不算後腦勺挨的那兩次重擊啦！

哦，對了，差點忘記還有白伶呢！必須想辦法送她回家，還得編一個大人不會起疑的謊言。

許多事都等著奈奈收尾，然而黑夜只剩下不到一半的時間……

舉起印著神紋的手背一看，奈奈可以從中感覺到神力湧動。曜日不省人事的期間，神力無法發揮作用，但既然曜日回來了，神力理所當然地回到了奈奈身上。

有了神力，什麼問題都能迎刃而解了！

翌日，踏進校園，奈奈就知道一切都步上了正常的軌道。

不知道是不是少女被除去的緣故，原先偶爾還會在校園內瞥見的黑影，此刻都銷聲匿跡，校園變得異常乾淨。

曜日則因為幾天後的園遊會，勉強打起精神繼續來學校，不過為了不要加強旁人對他的印象，作風與前幾天相比低調許多。

至於白伶呢，她全然不記得那天的事情，安鳳夜學長也喪失了先前的記憶，不知與白伶曾有過一段情。

當然白伶還在繼續對學長死纏爛打，什麼樣的招數都使過了。

可能她真的不是學長的菜吧，不管白伶做了什麼，學長都閃得遠遠的，白伶也不以為意，繼續追著學長跑，這樣的韌性著實令人佩服不已。

棠華假扮的墨遙老師自那天後再也沒有來學校了，大家似乎也理所當然地遺忘了此人。

當然，這些事情只有奈奈一人知道，而她又不能隨隨便便向他人傾訴自己的重大祕密，就連樂樂也不能說。

身為代理神明的辛勞，真的不是一般人能理解的，特別還是在沒有加班費的情況下。

校園又重新恢復了寧靜——直到新來的國文代課老師出現。

「大家好，我是新來的老師，墨遙。」

見到棠華這麼堂而皇之地出現在眾人眼前，奈奈就知道，她的校園生活肯定又要遠離平靜二字了。

可惡！還我正常的校園生活啊！她忍不住在心中怒吼。

一到下課，奈奈馬不停蹄地趕到教職員辦公室外，果然等了幾分鐘，棠華就從轉角處翩翩出現。

「棠華，不，我是說墨遙老師！」奈奈迎上前，急迫地開口。

「有什麼事嗎，宮同學？」棠華一臉淡然，同時對向他打招呼的女同學們點頭回禮，惹來一陣嬌笑。

棠華絕對是在裝傻，奈奈十分肯定。

她單刀直入地問：「是什麼風把您吹來的，我以為一切都正常了不是嗎？」

「的確都正常了。但我對身為代理神明的妳深感興趣，想要就近觀察。」

要不是棠華的神情異常認真，奈奈會以為他在開一個不太好笑的笑話。什麼就近觀察，難道她是實驗標本嗎！奈奈無言以對。

「而且，為了保險起見，以防這所學校再度生出懷有惡意的東西，我會待在這裡一段時間。」無視奈奈逐漸變得鐵青的臉色，棠華面不改色地繼續道。

「這裡不就有個懷抱惡意的東西嗎……」奈奈小聲地都囔。

「妳剛才說了什麼？」

「不，什麼都沒有！」神明的耳朵都這麼靈嗎，真討厭。

「既然沒事的話，我先走了。」走過奈奈身邊時，棠華刻意停留一會，湊近她的耳畔，低聲道：「今後就請多多指教囉。」

感受到棠華呼出的溫熱氣息，奈奈耳根子一紅，迅速回過頭，目光只來得及捕捉到對方進入辦公室前的殘影。

腦袋裡各種思緒混雜在一起，奈奈知道，接下來的校園生活絕對會非常精彩。

話又說回來，她代理神明的任期何時才會結束啊！快點還給她一個平靜的人生！

奈奈的內心徹底崩潰。

與此同時，校外的某個人也正在崩潰中。

近來公務纏身，分身乏術，當玄音重新站在校園外，已經是幾個禮拜後的事情了。他依然一身黑色搖滾風勁裝，卻耍酷不起來了，模樣十分狼狽。

因為此時此刻，玄音正面對兩名不友善的警察，還拚了命地向對方解釋自己不是變態。

「我們接獲通報，學校附近有人鬼鬼祟祟的，你就是那個變態吧！」其中一名警察氣勢洶洶地質問。

「我就說我不是變態了！」玄音好說歹說，對方還是不肯採信他的說詞，「我是來找人的！」

「找人？」另一名警察提出合理的疑問，「你是學生家長嗎？」

「不是，我……那個……」玄音支支吾吾了半晌，就是說不出一句完整的句子。

「果然。」第一個警察搖了搖頭。

「嗯，的確呢……」另一名警察也深表認同，不停點頭附和。

最後，兩人異口同聲，極有默契地一致說道：「果然非常可疑，先生，請跟我們到警局一趟！」

「咦！」

不知道結局為什麼變成這樣，玄音尚未反應過來，兩名警察已一左一右地架住他，強行押著人離開。

礙於兩名警察強而有力的臂膀，玄音根本無法反抗，只能像個即將趕赴刑場的囚犯，不斷試圖大叫討救兵。

「喂，你們兩個！不要再看好戲了，快點出來救人啊！」

「別吵！」

腹部一記痛擊，讓玄音含著淚識相地閉嘴不言。

遠遠地，某棟建築物的屋頂上趴著兩個小小身影，一男一女，長相如娃娃般精巧可愛，年齡大約十一、二歲。

正如玄音所言，他們兩個正在看好戲，完全不打算出面解救對方。

小女孩綁著兩個可愛的包包頭，大眼湊近雙筒望眼鏡，看著玄音被押上警車。

「哎呀呀，被當成變態帶走了呢！」嘴裡吐出彷彿與自己毫不相干的話語，接著將望遠鏡遞給身旁的男孩。

接過一看，男孩只能看見揚長而去的車屁股了。

「真是個大笨蛋。」他嘆了口氣，「要去警局保他出來嗎？不過警局門口有守護神，一靠近就會被問東問西的，麻煩。」

「當然會保他出來，但不是現在。」

「不然是什麼時候？」男孩好奇地問道。

「哼哼！」女孩綻出一抹狡黠的微笑，「當然是趁他不在時，好好地大玩特玩，之後的事情就之後再說囉！」

「說的也是！」男孩恍然大悟，「妳真聰明，冬暖！」

「那還用說嗎，夏涼。」

兩人相視一笑，心有靈犀地從頂樓消失無蹤。

——《土地神的指導守則02》完

番外

賭約

天才微微亮，床上的男子已經掀開眼簾，起身著裝，準備一天繁忙的公事。

正所謂一日之計在於晨，即便這麼早的時段不會有信眾前來上香，男人依然習慣性地早起。

最近更是如此，從不曾懈怠。

男人掐指一算，位在四區交界處的一間學校很不安穩，有不潔的東西潛伏著，伺機而動。

那東西很久以前就存在了，只是不知為何，最近開始有壯大的趨勢，看來得找天潛進學校，一探究竟。

今日的他打算外出，所以捨棄平常穿的長袍，而是選擇現代人的衣裝。

穿上米白色的針織衫和牛仔褲，讓他頓時看起來就像個普通的大學生。

「這樣子應該可以吧？」整整衣服，男人看著鏡中的自己，有些不確定。

此人是南區土地神棠華。

前來廟裡上香的信眾不乏年輕人，所以有時他出去巡視，便會仿效對方的穿著。

只是，不知為何，每當採買東西時，總會吸引很多人的注目。

像是上次，還有個人跑來搭話，問他有沒有興趣進入演藝圈，當然被他一口回絕了。

嘆息間，只聽一陣雜亂的腳步聲由遠而近，推開門，探頭進來的那張臉是曇流。

「棠華大人，那位大人又來了。」語氣間滿滿的無奈。

話音甫落，某人的聲音不意外地響起，惹人厭煩，也擾人清幽。幸好，南區土地廟位在離市區有一小段距離的山丘上，附近沒有住家。

要抵達他的土地廟，得先爬過一道長長的樓梯，也正是因為如此，他更加不能理解為何那人還能每天來找自己。

果然，一走到外頭，就見對方氣喘吁吁地彎下腰喘氣，而樺流正在應付他。

「我說，北區的土地神啊，您是不是真的很閒？」

「我哪、哪裡閒！」在喘息間，仍撥空反駁，「雖然我們北區的業績沒你們南區好，也比西區少了一點，但信眾少說也有上千！」

「那您為什麼天天來找我們家大人？」樺流真的不明白。

「我是在晨跑！」呼吸逐漸順暢，北區土地神挺起身軀回答，「只是在晨跑的途中，來找老朋友敘舊而已，不行嗎！」

「晨跑?從北區跑到南區？」

「運動有益身體健康，你管我！」北區土地神堅持不承認自己是專程來找南區土地神，只是順道路過。

「呃，是嗎。」神仙還會有健康問題嗎？樺流對南區土地神的殺力無話可說了。

好在棠華已經到了，樺流行過禮，便與曇流並肩站在一起。

「你怎麼又來了？」棠華的目光多了一絲無奈，「今日又是所為何事？如果是那件事，我想我的答案已經很清楚了。」

但對方不愧是北區土地神，壓根沒在聽棠華說話，「今天我來，是想向你提議一件事，到我們樂團當主唱吧！你想，樂團沒有主唱的話，就無法運作了啊！」

北區土地神的提議並不是臨時發起的，事實上他幾乎每天都跑來提議一次，不管颳風下雨。

「這與我何干？而且，我早就想問你一件事了。」

「什麼事？」難得對方有問題要問他。

「為什麼不找東西兩區，而是我？」

「你也知道，東區的太過懶散，不適合走這條路。」北區土地神像在跟老朋友說話般，開啟了話匣子，「西區的氣質不符合，想來想去，就只有了你啊！」

「你真的有在想嗎？」意思就是，你真的有用大腦嗎？

「那是當然的，我可是想了超久的耶！」所謂的超久，其實只花了北區土地神不到一分鐘的時間。

「……麻煩。」這樣下去不是辦法，他還要去處理方才感受到的不潔東西，要是有這傢伙在，肯定會礙手礙腳的。

棠華皺緊眉頭，不滿地嘖了一聲。

「你的表情怎麼忽然變得好可怕啊！」北區土地神被嚇了一大跳。

「北區的土地神。」棠華斂容，儘管青筋隱約的在太陽穴突突跳動，他仍冷靜地說：「要我加入你的樂團也不是不可以，只不過我有個條件。」

「什麼條件？」聽到有附帶條件，北區土地神垮下了臉。

「我們來打個賭吧。」

「打賭？」北區土地神偏了偏頭。依他對南區土地神的了解，對方是個實事求是的人，從他口中說出打賭兩字，不禁讓人有些疑惑。

「沒錯，打賭。」棠華特意強調，「你贏了，我就照你的意思去做，輸的話，你暫時不能出現在我的眼前。特別是位在交界處的那間學校，更是一步都不能踏進。」

「咦？為什麼？」

棠華沒有解釋，只說：「如何，要不要打賭？」

「好啊，賭什麼？」北區土地神沒有裡由拒絕。

「來賭……」賭什麼呢？棠華雙手環抱胸前，思索著。雖說是他提議打賭，但具體該做什麼，他還沒有想到。

「小的建議……」見兩位土地神拿不準主意，曇流主動道：「不如比賽看誰能先跑完廟前的階梯？」

「要來賭誰的速度比較快是嗎？」

北區土地神大步走到階梯的邊緣，往下看著他方才歷經千辛萬苦才爬上來的階梯。剛開始是有些痛苦，但日子一久，身子也差不多習慣了。

而且看棠華那樣子，肯定不常運動，更不用說長年鍛鍊身體。論體力的話，他沒道理會輸！

「很好，這提議我接受！」北區土地神一拍胸鋪，也不打聲招呼就興沖沖地衝下階梯。

一眨眼的時間，已經跑到中段了。

「這個笨蛋。」棠華無可奈何地看著即將抵達終點的身影，卻仍不見其動身的打算。

「大人，再不動身的話，您會輸的喔。」樺流好心地提醒。

「放心，我從來沒有輸的打算。」

曇流和樺流不明所以地望著彼此，不清楚棠華心中有何盤算。

正當北區土地神只差幾個階梯就要勝利之際，棠華眼神一凜，瞬間從原地消失，再現身時人已站在終點了。

只差一秒，北區土地神眼睜睜看著冠軍寶座被人無情地奪走，還是用那麼下三濫的手段，他不服。

「你作弊！」北區土地神心有不甘地指著對方大罵。

「我從來都沒有提到規則。」棠華好整以暇地開口，「也就是說，從來都沒人說不能使用神力，不是嗎？」

北區土地神啞口無言，怪就怪他自己太笨，別人說什麼是什麼，才會被擺了一道。

「不論如何，我的勝利已是事實。」棠華繼續說，「你身為神明，總不至於反悔吧？」

北區土地神沉默良久，正當其他人以為他打算反悔不認帳，他抬起頭來，眼角還噙著一抹眼淚，看起來可憐兮兮。

棠華告訴自己要鎮定，切不能因為一點淚水就動搖。

「很好，算你狠！」

北區土地神臨走前撂下這句話，就哭著跑走了。

看著對方遠去的背影，棠華感到濃濃的罪惡感壓在他的心口上，令他有些心神不寧。

北區土地神果真是願賭服輸的人，好幾日都不見蹤影，小廟終於迎來難得的寧靜。棠華卻覺得有點寂寞，日子似乎少了什麼，他不明白為什麼自己會有這種想法。

「會這麼想的我，腦子終於出問題了嗎？」

如此自問著，棠華並不奢望得到解答。

今日，他終究放心不下學校那邊的事情，打算找個身分潛入校園，將廟裡的大小事務全權交給曇流和樺流處理。

兩名少年聽著棠華交代廟裡的各項事務，同時注意到棠華有些心不在焉的樣子。

然而，將這一切盡收眼底的曇流和樺流選擇什麼都不說。

另一方面，北區土地神打賭輸了沒錯，但並不像棠華以為的那樣，放棄了拉他入團的想法。

實際上，他一直躲在暗處默默觀察對方，反正當時只說不能出現在對方眼前，沒說不能跟蹤他吧？

既已下定決心的事，就要貫徹到底！這是他的處世準則。

於是，從棠華走出廟裡的那一刻起，他便暗地裡跟蹤對方，跟蹤了十分鐘之久。但不知對方是否察覺了他的意圖，總之人跟丟了。

正當北區土地神感到不知所措之際，意外撞入眼簾的一抹粉色圖案吸引了他的目光。

「草莓？」他情不自禁地脫口而出。

擁有草莓的是位女高中生，當然不是說她正在吃草莓，草莓指的是她的內褲圖樣，結果就這樣就被當成了變態。

即使拚了命解釋，堂堂土地神怎麼可能做出傷風敗俗之事，但人家還是不怎麼買帳。

沒關係，公道自在人心！

看著學校建築透出的黑氣，北區土地神知道自己找對地方了。

但問題是，他曾經答應不能進入學校，又該如何在不違反賭約的情況下讓對方答應自己的要求呢？

不過，起碼他得知棠華目前在這所學校，這就足夠了。

看著禁止外人進入的校門口，北區土地神勾起一抹意味深長的笑容。

那時的他，渾然不知自己幾個禮拜後，將會背負著變態的臭名，在警察局待了好長一陣子。

——番外〈賭約〉完

後記

嗨嗨，各位讀者們終於看到這邊了，這裡是後記！沒想到第二集這麼快就和大家見面了，說起來距離第一集上市的時間不遠呢，希望第三集也能快快呈現在大家面前。如果後記只寫這樣，會不會太簡短了？

總之，先來跟大家打個招呼吧，我是雪翼，依然不怎麼會寫後記。老實說從這部的第一集到整部寫完的過程中，歷經不少批評聲浪，那時候真的很灰心呢，原本打算創立粉絲團的心情全被打碎了，或許有一天真的能創辦一個？

即便前陣子都是不太好的回憶，但還是有發生不錯的小確幸，有一位讀者跑來跟我說很喜歡我的小說，正因如此讓我更有動力寫稿了！謝謝妳喜歡我的文章囉，小萌。

第二集的劇情添了不少笑料，包括學長墜入愛河、曜日擅自跑到學校，以及棠華為了潛入學校而假冒代課老師，所以字數上比第一集多了不少，原本還會更多，這是刪減過後的字數了。

故事上敘述的文字比較直白，讀起來輕鬆不難理解，人物設定方面也沒有綜複雜的三角關係，因為是多年前寫的緣故，有些部分略顯生澀，還希望讀者們能

多多包涵QQ

最後，除了感謝支持的家人們、讓這部作品誕生的責編，以及封面繪製得實在是太過出色的綠川明老師，當然還有買了這本書並翻閱的你們。

雪翼

高寶書版集團
gobooks.com.tw

輕世代 FW258
土地神的指導守則02

作　　者　雪　翼
繪　　者　綠川明
編　　輯　林紓平
校　　對　林雨欣
美術編輯　林鈞儀
排　　版　彭立瑋

發 行 人　朱凱蕾
出　　版　英屬維京群島商高寶國際有限公司臺灣分公司
Global Group Holdings, Ltd.
地　　址　臺北市內湖區洲子街88號3樓
網　　址　www.gobooks.com.tw
電　　話　(02) 27992788
電　　郵　readers@gobooks.com.tw（讀者服務部）
pr@gobooks.com.tw（公關諮詢部）
傳　　真　出版部　(02) 27990909　行銷部 (02) 27993088
郵政劃撥　19394552
戶　　名　英屬維京群島商高寶國際有限公司臺灣分公司
發　　行　希代多媒體書版股份有限公司/Printed in Taiwan
初版日期　2017年12月

國家圖書館出版品預行編目(CIP)資料

土地神的指導守則 / 雪翼著.-- 初版. -- 臺北市
: 高寶國際, 2017.12-
冊；　公分. --

ISBN 978-986-361-458-6(第2冊：平裝)

857.7　　106009019

三日月書版

三日月書版

GOBOOKS & SITAK GROUP©

GOBOOKS
& SITAK
GROUP ©